Fritz-Stefan Valtner

Der Spieler

Bibliografische Information der Deutschen Nationalbibliothek:

Die deutsche Nationalbibliothek verzeichnet diese Publikation in der   deutschen Nationalbibliothek:
detaillierte bibliografische Daten sind im Internet unter:
http://dnb.dnb.de abrufbar.

© 2021, Fritz-Stefan Valtner
Herstellung und Verlag:
BoD – Books on Demand, Norderstedt

ISBN: 9783754352328

Printed in Germany

Fritz-Stefan Valtner

Der Spieler

Inhaltsverzeichnis: "Der Spieler"

Das letzte Spiel

Endlich...

Vorwort

In diesem Buch erzähle ich die Geschichte eines Mannes in den besten Jahren, der durch seine Spielleidenschaft alles auf eine Karten setzte.

Spielsucht kann einen Menschen zerstören, wenn er nicht mehr seine Grenzen kennt. Wenn das Spiel zur Manie wird, dann werden Grenzen aufgelöst, man verliert den Boden unter sich und schwebt in eine andere Welt hinein.

Man läuft dem Glück hinterher, man hofft auf sein Glück, man wünscht sich sein Glück herbei.

Aber um welchen Preis?

Realität und Wunschdenken vermischen sich zu einer gefährlichen Mischung und man glaubt auf der Siegerstraße zu sein.

Die Hoffnung auf das große Glück ist im Gehirn regelrecht eingemeißelt und führt zur einer Sucht ohnegleichen.

Schlimmer noch als Alkohol oder Drogen.

Man muss sein Glück jeden Tag, immer und überall heraus fordern, die Spielzeiten werden immer länger, immer in der Hoffnung, dass das Glück kommt zu einen zurück.

Aber dieses Glück ist oft trügerisch!

Die ersten Anfänge

Ich sitze hier mit Klaus, einem smarten "Silverager", wie heute die jungen Fünfziger genannt werden, in einem netten Cafè in Bern und wir kommen ins Gespräch. Wir tauschen uns über Gott und die Welt aus. Als ich ihm erzählte, dass ich Bücher schreibe wurde Klaus immer redseliger und bat mich, doch seine Lebensgeschichte aufzuschreiben, um sie für die Nachwelt festzuhalten, damit vielleicht anderen dadurch geholfen werden kann, sich von einer Sucht zu befreien.

Weißt du, sagte er frei heraus, ich bin ein Spieler.
Meine Sucht ist so stark, dass ich, sobald ich Geld in den Fingern habe, spielen muss.

3

Egal, ob Automat, Casino oder nur bei einem ordinären „Hüttchenspiel", ich muss dabei sein!".

Es ist eine so schlimme Sucht, schlimmer als wenn du Drogen nimmst. Du kommst einfach nicht mehr davon los. Es ist wie in einem Rausch. Du steigerst dich immer höher hinauf, deine Hoffnungen werden immer dreister, du versuchst dein Glück zu mit aller Macht erzwingen. Du kannst kaum noch denken, wirst regelrecht in eine Spannung versetzt und dein Puls rast weit aller menschlicher Grenzen.

Aber lass mich erst von den Anfängen erzählen, wie es dazu gekommen ist, dass ich ein Spieler geworden bin.

4

„Ich bin ganz Ohr Klaus, erzähle mir deine Geschichte, ich werde sie mitschreiben und zu Papier bringen. Ich bin bereit."

Ich weiß nicht, ob ich meine Spielsucht schon mit der Muttermilch aufgesogen habe oder dies später in mich aufgenommen habe.
Eines weiß ich aber mit Gewissheit, dass ich schon sehr früh angefangen habe, bei Spielen in der Familie immer als Sieger hervor gehen wollte.
Ich kann mich daran erinnern, dass ich manchmal vor Wut heulte, wenn ich mal ein Spiel verloren hatte und wollte ich solange weiterspielen, bis ich gewonnen hatte.

Gut, damals schaute man sich nicht jeden Mist im Fernsehen an.

Man spielte lieber zusammen. So war das auch bei uns. Wir spielten meist ein Kartenspiel mit einem kleinen Einsatz.

Schon in dieser Zeit fing ich an, Strategien zu entwickeln, dass der Topf mit den Einsätzen an mich fiel.

Ich freute mich damals immer sehr, wenn wir statt dem Fernsehen, anfingen zu spielen. So ging das über die Jahre meiner Kindheit hinweg. Die Spiele wurden immer ausgefeilter.

Über das einfache „Herzblattspiel" ging es bald hinüber zu 17 und 4, um dann weiter zum Poker.

Als ich dann in der Schule war, fand sich schnell ein Kreis, der Spaß hatte, um Geld zu spielen.

So konnte man, wenn man gut war, sein Taschengeld rasch aufbessern.

Und ich war verdammt gut!

Schon damals hatte ich da Gefühl, über andere Macht zu haben und jeder Spielgewinn versetzte mich in einen unglaublichen Glücksgefühl. Aber auch jedes verlorene Spiel ärgerte mich so sehr, dass ich immer eine Revanche forderte, um meinem Glück wieder auf die Sprünge zu helfen.
Noch war es ja Spaß, aber immer mehr merkte ich, dass ich das Glück des Sieges brauchte, um mich als ganzer Mensch zu fühlen. Niederlagen waren schon fast zerstörerisch für mein Ego.

Ich wurde dann ungehalten, unruhig, machte mir Vorwürfe wegen eines Spielfehlers und ließ mich regelrecht gehen.

Gleichzeitig aber begann ich für mich zu spielen.

Ich spielte viele Szenen durch, um Fehler zu vermeiden. Um noch besser zu werden als die anderen. Ich steckte meine Grenzen immer weiter und höher. Ich spielte immer wieder mit neuen Spieler, um neue Erkenntnisse zu bekommen, die ich dann in weiteren Spielen wieder einsetzten konnte, nur mit dem Ziel zu gewinnen.
In meiner knappen Freizeit war ich immer wieder unterwegs, um mich mit irgendwelchen Spieler zu treffen und zu spielen.

Dies ging über Jahre so!

Da es immer um kleine Einsätze ging, hielten sich die Gewinne und Verluste in Grenzen. Mit Zeit wurde ich immer besser und konnte meine Gewinne steigern.
Ich hatte dann Zeiten, in denen ich eine unglaubliche Glückssträhne hatte und mir manchen Wunsch erfüllen konnte.
Über die Zeiten der Verluste möchte ich nicht so gern reden. Zumindest glichen sich die Gewinne und die der Verluste aus.

Ich begann mit der Zeit ein Buch zu führen, wo ich meine Gewinne und Verluste aufschrieb, um einen besseren Überblick zu erhalten.

Gleichzeitig aber auch zu erkennen, ob es irgendwelche Zeiten gibt, wo das Glück besonders bei mir zur Hause war.

Mit der Zeit gelang es mir, bestimmte Wellen des Glücks zu erkennen und spielte dann zu diesen Zeiten besonders viel.

Die Gewinne zogen in dieser Zeit an. Also stellte ich schon damals fest, dass es gewisse Zeiten gab, die besonders gewinnträchtig waren.

In dieser Zeit versuchte ich mit Hilfe der Astrologie günstige Phasen zu erhaschen, was aber nicht immer einfach war. Eine Aussage konnte in der Regel nur mit einer genauen Analyse gemacht der Zeiten gemacht werden.

Ich habe es mal versucht, aber der Erfolg blieb oft aus.

Mit der Zeit begann ich meine Strategien zu verfeinern und spielte zu bestimmte Zeiten in der Hoffnung, dadurch meine Gewinne steigern zu können.
Damit lag ich nicht ganz verkehrt und konnte nun wirklich Gewinne einspielen.

Aber zu welchen Preis?

Mein Leben begann sich dem Spielen zu unterwerfen. Ich war nicht mehr meiner selbst.

Ich war auf dem Weg zu einem „erfolgreichen" Spieler.

Der Automat

Ich machte meine Schule so mit ach und Krach fertig. Dann ging es in den Beruf hinein. Ich lernte Mechaniker und etwas später auch noch den Bereich Elektrotechnik. Hier war ich eigentlich nicht schlecht drin. Beide Ausbildungen machten mir Spaß. Ich bekam ein gutes Salär und hatte mein Auskommen.

Aber damit begann mein Leidensweg. Ich hatte jetzt Geld in meinen Händen und dann kam die Leidenschaft, abends in die Kneipe zu gehen, um dort an den Spielautomaten zu spielen. Es wurden oft lange Nächte. Mein Schlaf wurde immer weniger.

Oft spielte ich durch, nur in der Hoffnung, jetzt noch einmal die goldene Sieben zu bekommen. Es wurde eine regelrecht Sucht, dem Spielautomat zu überlisten, in dem ich versuchte, mit schnellem Druck auf den Spieltasten, das rotieren der Rollen zu beeinflussen.

Aber oft wurde ich enttäuscht!

Bei der anschließenden Arbeit machte ich vor Müdigkeit Fehler. Meine Vorgesetzten reagierten immer gereizter auf meine vielen Fehler, sie nahmen mich ins Gebet. Aber irgendwann war ich es leid und blieb nach durchzechter Nacht einfach zu Hause und schlief mich aus. Da konnte die Arbeit, Arbeit bleiben.

Auf Dauer konnte dies aber nicht gut gehen!

Ich ging zur Arbeit wann es mir passte.

An einem Dienstag war es dann soweit. Ich kam mal wieder zu spät zur Arbeit. Als ich den Betrieb betrat wurde ich auch schon sofort ins Betriebsleiterbüro bestellt. Kaum war ich dort eingetreten, ich hatte kaum die Gelegenheit Platz zu nehmen, bekam ich den folgenschweren Satz zu hören:

"In Anbetracht ihrer Leistungen, ihres Fehlverhaltens und in den letzten Zeiten ihre Unpünktlichkeit sehen wir uns leider gezwungen, mit dem heutigen Tag, ihr Arbeitsverhältnis sofort fristlos zu kündigen.

Bitte geben sie ihre Sachen ab, die sie vom Betrieb erhalten haben. Gehen dann in die Buchhaltung, holen sich dort ihre Papiere ab und den Restlohn.

Wir wünschen ihnen für ihre weitere Zukunft alles Gute."

„Wenn sie so weiter machen, werden sie eines Tages auf der Straße enden.

Bedenken sie dies bei all ihrem Tun. Auf Wiedersehen."

Puh, damit hatte ich nicht gerechnet. Das war nun ein Schlag ins Kontor. Aber was sollte ich machen? Ich zuckte mit meinen Schultern, gab meine Sachen ab und ging ins Lohnbüro.

Dort nahm ich meine Papiere, meinen Restlohn, immerhin noch 600 Euro und verließ den Betrieb.

Bevor ich mich auf den Weg nach Hause machte und durch das große Eingangstor hinaus ging, schaute ich mich noch einmal um und dachte an die letzten Worte, die mir mein Betriebsleiter noch mit auf dem Weg gab. Im Stillen dachte ich noch bei mir. Na, du wirst bestimmt nicht Recht haben.

Das werde ich dir schon noch beweisen. Ich war berufen, doch zu spielen?

Oder nicht?

Das Spielen machte mir viel mehr Spaß, als irgendwelche Teile zu bearbeiten.
Beim Spielen konnte ich Emotionen zeigen. Aber doch nicht beim Feilen eines Blechteiles. Beim Spielen war ich in einer anderen Welt.

Hier lagen Glück und Pech oft nah beieinander. Aber man hatte die Möglichkeit, wenn man gut war, seinem Glück auf die Sprünge zu helfen.

Und ich wollte gut sein!

Das war mein Ziel. Dafür wollte ich alles tun.

Ich machte mich auf den Weg nach Hause. Die Sonne strahlte vom blauen Himmel. Also ging ich beschwingt durch den herrlichen Sommertag.
Mit jedem Schritt legte ich meine weitere Zukunft fest. Ich träumte schon von einer beispiellosen Karriere als Spieler, der die großen Kasinos in aller Welt unsicher machte. Das Startgeld hatte ich ja schon.

Aber langte das?

In meinen Gedanken plante ich schon eine Reise nach Baden-Baden. Hier wollte ich mein großes Glück machen. Aber um das zu bewerkstelligen, musste ich mein Outfit ändern. So ging ich in einen Laden hinein und kleidete mich neu ein. Das Feinste war gut genug für mich. Danach ging es zum Friseur. Ich ließ mir einen neuen Haarschnitt verpassen.

Damit hatte ich die ersten Grundlagen geschaffen und mein Konto kräftig überzogen. Aber das war mir jetzt völlig egal. Lässig ging ich mit meinen Taschen nach Hause. Zu Hause angekommen, schlüpfte ich sogleich in meine neuen Sachen. Als ich mich so im Spiegel betrachtete entfuhr es mir:

"Man siehst du gut aus"!

Aber etwas gefiel mir noch nicht so ganz. Sollte ich noch etwas an der Mimik feilen. Mich etwas vornehmer bewegen? Das wäre das Tüpfelchen auf dem I. Die nächsten Tage probte ich ununterbrochen vor dem Spiegel. Mit der Zeit gefiel ich mir in meinem neuen Outfit und langsam bekam ich Spaß daran, jetzt mal den ersten Ausflug in die Welt der Reichen zu machen.

Wo sollte ich hin?

Ich studierte in verschiedenen Foren des Internets die einzelnen Kasinos. Baden-Baden gefiel mir sehr.

Ich suchte mir eine Zugverbindung heraus und buchte.

Jetzt gab es kein Zurück mehr!

Nachdem ich gebucht hatte, fiel mir siedend heiß ein, dass man ja auch etwas Spielgeld benötigt. Noch hatte ich meine 600 Euro von der Firma. Mein Konto gab nicht mehr viel her. Ich hatte es mit meinen Einkäufen bis über dem Limit überzogen.

Jetzt war guter Rat teuer. Die Hotels waren auch nicht gerade günstig. Ich kombinierte, wenn ich schon in Baden-Baden ins Kasino gehe, dann sollte ich auch an der besten Adresse in Baden-Baden logieren. Wie sollte ich mein Geld, was ich noch hatte, sonst vermehren?

Sollte ich mein Glück an den Automaten versuchen? Aber hier schien mir der Verlust eher größer, als ein saftiger Gewinn.

Wo könnte ich sonst noch versuchen, an schnelles Geld heran zu kommen?
Da fiel mir eine Spielrunde ein, die meist in einem Hinterraum einer Gaststätte pokerte. Das wäre doch eine Möglichkeit.

Gesagt – getan.

Ich meldete mich an und an einem Donnerstagabend konnte es losgehen. Mit meinen 600 Euro Startgeld. Irgendwie spürte ich, dass dies ein guter Tag zum Spielen war. In den ersten Runden an diesem Abend spielte ich noch etwas verhalten, um meine Gegenspieler genau zu studieren.

Mit der Zeit wusste ich genau, wer bluffte und wer nicht.

In den nächsten Runden spielte ich auf Teufel komm raus und verunsicherte damit die meisten Spieler an diesem Tisch. Unsicherheit machte sich bei denen breit.

Aber ich hielt meine Strategie bei. Dann lag plötzlich ein großer Stapel Geld in der Mitte des Tisches. Jeder hielt seine Karten sehr bedeckt. Jeder versuchte keine Gesichtszüge zu zeigen. Um Gottes willen nur nichts verraten, welche Karten man auf der Hand hatte. Vorsichtig wurde das Spiel eröffnet. Drei Mann gingen mit. Ich hatte zwar kein tolles Blatt auf der Hand, aber ich dachte bei mir, warum versuchst du es nicht?

Nach der ersten Runde stiegen zwei aus. Jetzt war die Frage:

"Hatte mein Gegenüber ein gutes Blatt - oder pokerte er auch nur?"
Das war jetzt hier die Frage. Die Mimik wurde wie zu Stein.

Selbst ein blinzeln würde verraten, ob man gute Karten hatte. Nun, ich hatte ein paar Mal, um meine Gegner zu verunsichern, den Trick mit dem Lachen angewandt. Sollte ich dies jetzt auch hier tun?

Noch überlegte ich.

Irgendwie bekam ich die Eingebung doch zu lachen. Ich fing lauthals an zu lachen. Mein Gegner war irritiert.

Warum sollte der lachen?

Hatte der gerade eine Topkarte gezogen?

Oder warum lachte der jetzt so plötzlich?

Dann stieg er plötzlich aus dem Spiel, warf die Karten auf den Tisch und stand auf. Dieses Spiel ging an mich. Auf einem Schlag hatte ich 2500 Euro gewonnen.
So konnte es weitergehen. Und was soll ich euch sagen, es ging so weiter. Die nächsten Runden holte ich mir auch noch und konnte so meinen Gewinn weiter steigern. Gegen Mitternacht wollte ich aufhören, aber meine Mitspieler wollten noch ein letztes Spiel als Revanche. Mit einem gewissen Zögern war ich dann noch einmal bereit zu spielen. Es wurde eine Partie um Alles oder nichts.

Die Summe in der Tischmitte wurde immer höher.

Die Luft in dem Raum wurde immer stickiger. Eine Zigarette nach der anderen glimmte auf. Schweißperlen auf den Stirnen der Mitspieler spiegelte die Spannung im Raum wieder. Nach und nach musste der eine oder andere passen.

Dann waren nur Joe und meine Wenigkeit übrig. Wir saßen uns gegenüber. Joe verzog keine Miene. Aber ich lächelte und machte meine Späße. Für die anderen war dies schon unheimlich, was sich hier abspielte.

Dann kam es zum Showdown.

Es wurde die vier letzten Karten gezogen und aufgelegt. Die erste Karte war ein König Bube. Damit konnte ich nichts anfangen.

Dann wurde das Karo Ass gezogen - eine Karte die ich sehr gut gebrauchen konnte. Dann die dritte Karte. Langsam wurde die Karte aufgelegt… es war ein Kreuz Ass.

Eine leichte Unruhe machte sich breit. Zwei Asse gezogen? Was wird wohl mein Gegner haben?

König oder Dame?

Oder sollte er das ein oder andere Ass haben?

Man konnte sehen, wie wir beide angestrengt über diese Konstellation nachdachten. Sollte der andere zwei Könige besitzen, dann hätte er jetzt drei Stück davon. Jetzt wurde die letzte Karte gezogen. Ganz langsam wurde sie aufgelegt. Es war…. das Pik Ass.

Joe hatte zwei Könige. Ich hatte mit einem Ass, dem Herz Ass sehr hoch gepokert und alles gewonnen.

Mit über 20.000 Euro ging ich nach Hause. Ich war noch nie so glücklich wie in diesem Augenblick.

Ich hatte… gewonnen!

Gewonnen!

Einfach so gewonnen!

Es war herrlich!

Zu Hause angekommen verstauchte ich sofort mein Geld in meinem Koffer und machte mich auf zum Bahnhof. Dort nahm ich den ersten Zug nach Baden-Baden.

Die Reise

Am frühen Morgen war ich endlich in Baden-Baden angekommen.

Zwar völlig übermüdet - aber glücklich. Als erstes suchte ich mir ein passendes Hotel, buchte dort für 14 Tage ein Zimmer und nahm ein ausgiebiges Frühstück ein. Danach ging ich auf mein Zimmer und schlief bis in den späten Nachmittag hinein.
Nach einem kleinen Abendessen ging ich wieder auf mein Zimmer und machte mich fein für meinen ersten Kasino-Besuch.

Als ich durch die Hotelhalle ging, merkte ich, wie mich die Blicke der anderen verfolgten. Sollte hier Neid aufkommen?

Mich störte das nicht. An einem Zeitungsstand kaufte ich mir noch schnell eine Zeitung. Auf der zweiten Seite las ich eine Kurznachricht, die da lautete:

"Wohnung verwüstet - Pokerspieler suchte nach seinem verlorenen Geld."

Er konnte festgenommen werden.

War das vielleicht Joe?

Schnell versuchte ich meine Gedanken davon abzulenken und sagte mir: "Gut, dass du so schnell auf Reisen gegangen bist. Wer weiß, was hätte da noch alles passieren können?" Ich blätterte noch kurz in der Zeitung weiter und legte sie dann belanglos beiseite.

Ich hatte doch besseres zu tun. Jetzt stand mein Weg in die hohe Gesellschaft bevor und da wollte ich mich nicht mit so unwichtigen Dingen belasten. Ich schaute noch einmal an mir rauf und runter, ob auch alles in Ordnung war.

Ja - alles war in Ordnung, jetzt konnte es losgehen"

Ich machte mich auf dem Weg ins Casino. Es war ein herrlicher Tag. Die Sonne schien warm vom Himmel herunter. Ich genoss den Weg zum Casino, mit jedem Schritt, den ich ging. Kurz vorm dem Casino fasste ich noch einmal in die Innentasche meiner Anzug-Jacke. Ja, dass Geld für meinen ersten Einsatz im Casino hatte ich dabei. Dann stand ich vor dem Casino.

Langsam und voller Demut betrat ich das Foyer des Casinos. Voller Ehrfurcht blieb ich einen Moment stehen und ließ die Eindrücke auf mich wirken.

Das war also die Welt der Reichen und der Spieler! Im Stillen rutschte mir leise ein Donnerwetter heraus. Ganz verzückt schlenderte ich durch das Foyer und schaute mir alles in Ruhe an.
Ich kam an die Halle mit den Spielautomaten vorbei. Hier warf ich nur kurz einen Blick hinein. Dann ging es weiter zu den einzelnen Spieltischen. Hier wurde es weitaus interessanter. Ich schaute dem Treiben dort über eine Stunde zu. Weiter ging es zu den Roulette-Tischen. Auch hier schaute ich mir die Spiele und Einsätze an.

Für einen war der Abend aber nicht gerade sein Glückstag. Einer hatte schon an diesem Abend über 15.000 Euro verloren. Einen großen Gewinn konnte aber auch keiner bisher einstecken. Ich hatte mir 1000 Euro mitgenommen und dies auch mir auch als Limit gesetzt.

Ich holte mir ein paar Chips und schaute dem Treiben am Roulette - Tisch sieben zu. Ich schrieb mir die Zahlen auf, die bisher gezogen wurden. Gab es ein System, wie es immer mal wieder behauptet wurde? Bisher konnte ich in den Zahlen keine Serie oder dergleichen entdecken. Noch war ich mir unschlüssig, ob ich auch einmal einen Einsatz wagen sollte. Sollte ich auf Zahl oder Farbe setzen?

An diesem Abend wurde der Tisch immer leerer, je später es wurde.

Dann wurde ich aufgefordert, doch auch einmal selbst zu spielen. Ich nahm Platz und setzte die ersten Chips auf Zahl und Farbe.

Als Zahlen nahm die sechs und die vier, mein Geburtstag, der 6.4. Gebannt schaute dem Lauf der Kugel zu. Es war wie eine Ewigkeit, bis sie fiel. Noch lief sie unkontrolliert umher. Dann lief sie über die Vier, aber sie blieb nicht liegen. Sie lief weiter… !

Ich schaute wie ein Stier auf die Kugel, als wolle ich sie dahin führen, wo meine Zahlen lagen. Aber noch rollte sie… und rollte…

Dann fiel sie…

Worauf lag sie? Ich konnte dies zuerst nicht sehen. Dann sah ich sie auf der Sechs liegen.

Ich hatte gewonnen!

Ich hatte gewonnen!

Völlig aus dem Häuschen, setzte ich den Gewinn gleich wieder ein. Diesmal nahm ich eine andere Zahl. Ich nahm die Zehn. Gebannt schaute ich der Kugel nach, wie sie durch die Zentrifuge raste. Dann fiel die Kugel... und was soll ich dir sagen, sie fiel auf die Zehn. Soviel Glück kann es gar nicht geben. Zwei Einsätze und dann zweimal gewonnen! Das nennt man Anfängerdusel.
Jetzt erwachte mein Spieltrieb. Jetzt wollte ich alles. Jetzt wollte ich die momentane Glücksphase auskosten und nutzen.

Wieder setzte ich auf Zahl. Diesmal war es die Sieben.

Wieder rollte die Kugel und alle starrten gebannt auf den Weg der Kugel. Dann fiel sie. Sie lag bei der Acht.

Ich machte mir meine Gedanken, während mein Geld von der Spielfläche verschwand. Gab es ein Gesetz der Serie? Sechs und zehn hatten gewonnen. Jetzt die Acht. Oder war das noch zu früh von einer Serie zu sprechen?
Wieder machten wir unsere Einsätze. Diesmal nahm ich die Zwölf. Erneut lief die Kugel ihren Weg und alle schauten gebannt zu.
Nach ein paar Sprüngen landete sie auf die Sechzehn. Gab` s es doch eine Serie an diesem Abend?

Es war schon spät geworden und der finale Schluss stand bevor. Ich setzte nun auf die Zahlen 14, 18 und 20.
Zum letzten Mal an diesem Abend lief die Kugel. Dann kam der finale Sprung der Kugel und sie landete auf die Zwanzig.

Ich hatte gewonnen!

Ich hatte gewonnen!

Schnell sammelte ich meine Chips auf und löste sie dann auch sofort ein. Über 10.000 Euro hatte ich an diesem Abend gewonnen. 9500 Euro legte ich auf ein sogenanntes „Spielerkonto" fest. Den Rest nahm ich mit ins Hotel. Voller Glückseligkeit machte ich mich auf den Weg ins Hotel.

Im Hotelzimmer köpfte ich eine Sektflasche und nahm einen großen Schluck daraus. Dann setzte ich mich hin und machte mir ein paar Notizen in mein kleines Spieler-Buch. Hier schrieb ich die Gewinnzahlen ein, mit Ort und Zeit, denn vielleicht gibt es ja bestimmte Serien, die in bestimmten Zyklen wiederkehren.

Ich leerte die Sektflasche noch und legte mich dann voller Vorfreude auf den nächsten Abend zu Bett und schlief tief und fest ein.

Mein erster Ausflug in die Welt der Casinos war mir geglückt. Jetzt galt es hier weiter zu machen!

Am anderen Morgen, nach einem ausgiebigen Frühstück, bummelte ich durch Baden-Baden.

Ich schaute mir die Geschäfte an, kaufte mir eine neue Uhr, setzte mich in ein Cafè hinein, trank einen Kaffee und schaute mir die Leute an, die hier ein und ausgingen.

Es war schon interessant wie die Leute sich hier gaben. Manchmal dachte sich so bei mir:

"Vornehm geht die Welt zugrunde!"

Nach zwei weiteren Tassen Kaffee machte ich mich wieder auf ins Hotel.

Ich ging auf mein Zimmer und legte mich hin. Ich wollte zum Abend wieder ausgeruht und fit sein. Gegen sechs ließ ich mich wieder wecken. Ein paar Runden im hoteleigenen Schwimmbad und zwei Saunagänge machten mich wieder hellwach.

Ich zog mich dann wieder an und nahm mein Abendessen im Restaurant ein.

Danach machte ich mich fertig für den Kasino-Besuch.

Ein neuer Abend - ein neues Glück!

Diesmal wollte ich auch noch ein paar Kartenspiele mitmachen, wie zum Beispiel 17 und 4 oder vielleicht auch eine Pokerrunde.

Aber zuerst spielte ich zum Aufwärmen an einigen Automaten.
Mein Gott, an diesem Abend rappelte es bei mir ganz ordentlich.

Sollte ich wieder so einen Glückstag wie gestern haben?

Ich zahlte mein Kleingeld auf mein Konto ein und musste feststellen, dass ich hier über 1500 Euro gewonnen hatte. Nur mal soeben! So kann das ruhig weitergehen.

Dann sah ich, dass an einem Tisch 17 und 4 gespielt wurde. Zwei Plätze waren gerade freigeworden und ich nahm einen sofort im Beschlag. Hier spielte man gegen die Bank. Die ersten Spiele verlor ich noch. Aber dann kam das siebte Spiel. Ich bekam eine sehr gutes Kartenblatt und gewann.

Danach erhöhte ich meinen Einsatz und in den nächsten Spielen gewann ich mehrmals gegen die Bank. Mein Konto wuchs und wuchs. Dann reizte mich mein Glück.

Die Bank legte vor und ich ging mit. Die Bank legte 20 vor! Ich legte meine Karten auf und kam auf 21.

Ich hatte mal wieder gewonnen!

An diesem Tisch hatte über 7000 Euro gewonnen.
Aber jetzt wollte ich mehr. Also auf zum Roulette. Auch hier war noch, rein zufällig, ein Platz für mich frei. Ich setzte mich hin und fing an zu spielen. Jedoch hielt ich alle Zahlen die gefallen waren fest, um zu sehen, ob hier eine Serie unterwegs war. Die ersten Spiele, die ich sehr verhalten spielte, brachten mir kein Glück.

Die Zahlen fielen, was mir auffiel, heute doch recht unkontrolliert. Von einer Serie war nichts zu erkennen.

Also setzte ich weiterhin nur verhalten meine Chips auf die unterschiedlichsten Zahlen. Ab und zu fiel mal ein kleiner Gewinn ab. So deckten sich Einsatz und Gewinn. Am späten Abend, viele hatten schon aufgegeben, da es bisher keine große Gewinn gab. Ich saß nun mit vier weiteren Mitspielern am Tisch und wir verfolgten mit Argusaugen den Lauf der Kugel. Aber es wollte keine rechte Stimmung aufkommen, in Anbetracht der geringen Gewinne am heutigen Abend. Dann setzte ich auf die Zahlen 4, 6, 8 und 10, jeweils eine größere Summe.

Die Kugel lief.

Ich machte die Augen zu und bat mein Glück inständig doch eine meiner Zahlen auszuwählen. Es folgte eine große Stille. Jubel bracht aus! Ich machte meine Augen auf, schaute auf den Roulette-Teller und suchte die Kugel. Sie lag auf der Zehn! Ich hatte mal wieder gewonnen. Ich blieb bei meinen Zahlen. Nur die Zehn ließ ich außen vor, da sie ja schon gewonnen hatte. In den nächsten Spielen passierte nicht viel. Als wenn ich eine Eingebung bekommen hätte, die mir sagte, jetzt muss du eine große Summe auf die Sechs setzen, tat ich wie geheißen und setzte eine hohe Summe auf die Sechs.

Wieder machte sich die Kugel auf ihren Weg.

Die Spannung wuchs.

Wieder schloss ich die Augen. Hörte nur den Lauf der kleinen Elfenbeinkugel und hoffte inständig, dass sie auf die sechs fiel.

Aber noch lief sie. Die Spannung wurde immer größer.

Die Kugel machte ihre letzten Sprünge, lief über die Sechs, dann weiter, wurde wieder zurück geschleudert und fiel dann.

Was soll ich sagen…

Ich konnte es kaum fassen…

sie fiel …

auf die Sechs!

Ich wieder einen hohen Gewinn erzielt.

Ich konnte es kaum glauben.

Als ich meine Chips wieder einlöste, hatte sich mein Konto schon auf 90.000 Euro erhöht.

Sollte ich jetzt weiterspielen oder doch lieber aufhören? Ich nahm mir 5000 Euro und ging damit zum Pokertisch. Es wurde gerade eine neue Runde eingeläutet, die letzte an diesem Abend. Sechs Spieler nahmen an dieser Runde teil. Ich hatte es hier scheinbar mit Profis zu tun. Zumindest nach ihrem Gehabe. Ich gab mich mit der Rolle dem unbedarften Neuling zufrieden. In den ersten Runden passierte noch nicht viel. Aber so hatte ich Zeit, mir jeden Spieler genau anzuschauen.

Dann zogen die Einsätze an. Der Spieler mit der schwarzen Kappe hatte schon eine Menge Chips vor sich stehen. Im neuten Spiel riskierte er sehr viel und hatte eine Menge Glück, dass zwei Spieler zu früh aufgaben und alles verloren. Jetzt waren wir nur noch zu viert.

Also lag es jetzt an mir, den nächsten Spieler zu eliminieren. Mit einer gewissen Lässigkeit erledigte ich dies. Im nächsten Spiel setzte ich den nächsten Spieler an die Luft. Dabei hatte ich absolut keine tollen Karten. Am Tisch saßen jetzt nur noch zwei Spieler, der mit der schwarzen Kappe und meine Wenigkeit. Durch meine undurchsichtige Spielweise in den letzten Spielen hatte ich meinen Gegenüber etwas verunsichert.

Spielt da jetzt einer, der topp pokern kann oder nur Anfängerglück hat? Auf jedenfalls spielt er doch recht unkonventionell, was schwer einzuschätzen ist.

Die nächsten Spielen dienten dazu, den anderen auszuloten und ihn zu unkontrollierten Aktionen zu verführen. Aber keiner gab sich die Blöße.

Die Spannung stieg und stieg. Der Tisch wurde regelrecht umlagert.

Dann kam das erste Spiel, wo der mit der schwarzen Kappe den Einsatz regelrecht in die Höhe schraubte. Aber ich ging ohne eine Regung zu zeigen mit. Dann verdoppelte ich den Einsatz. Bei meinem Gegenüber blieb fast die Kinnlade unten.

Aber er ging mit.

Dies war sein Untergang! Als er die Karten auf den Tisch legte, hatte er ein ganz gutes Kartenblatt auf der Hand und als ich dann meine Karten auflegte, wurde er blass wie eine weiße Wand. Ich hatte die besseren Karten. Nun hatte ich seinen Stapel an Chips halbiert.

Er wollte noch ein Spiel haben!

Ich sagte ja, warum nicht? Noch hast du ein paar Chips. Also lass uns darum spielen.
Das Spiel begann und ich merkte, dass mein Gegenüber doch nicht so gut war, wie er vorgeben wollte.
Zu schnell wollte er sein Glück heraus fordern und wie im Spiel zuvor, wollte er zu schnell alles erreichen.

Aber er hatte nicht damit gerechnet, dass ich auch noch da war und sehr gute Karten besaß.

Ich ließ ihn in dieser Hoffnung, jetzt den großen Stich machen zu können und als er wieder offen legte und sich schon freute, gewonnen zu haben, wurde sein Gesicht mit jeder Karte, die ich auflegte, blasser und blasser.

Nachdem ich ganz langsam die letzte Karte von mir aufgelegt hatte, sank er bleich wie eine weiße Wand in seinen Stuhl und starrte fassungslos auf den Spieltisch. Innerhalb von zwei Spielen hatte er über 50000 Euro verloren. Ich hatte die Chips schon eingetauscht und wollte gehen, da saß er immer noch in seinem Stuhl und starrte auf den Tisch.

Völlig fassungslos saß er da. Bisher hatte er immer gewonnen und dann kommt so ein Neuling, ein Loser daher und räumt in zwei Spielen 50000 Euro ab. Was hatte er bloß falsch gemacht?

Hatte er überhaupt etwas falsch gemacht?

Nein, dass konnte nicht wahr sein, das musste ein Alptraum gewesen sein!
Und schreit nach Revanche. Ich war gerade an der Türe und wollte rausgehen, da hörte ich einen Schrei. Ich drehte mich um und sah den Spieler mit der schwarzen Kappe auf dem Tisch stehen und er schrie zu mir rüber:

"He du, so kommst mir nicht davon!"

„Morgen um 22 Uhr spielen wir beide, nur wir beide und dann werden wir sehen, wer der Bessere ist. Kneifen wirst du nicht können, denn dann werde ich dich holen lassen."

Mit ruhiger Stimme antwortete ich: "Okay, ich werde morgen um 22 Uhr da sein!" Also dann bis morgen!"

Ich ging zum Hotel zurück und hatte das Gefühl, dass ich verfolgt wurde. Stand ich jetzt unter Aufsicht? Das wäre wohl das Letzte.

Am anderen Morgen machte ich wieder meinen Spaziergang durch Baden-Baden und es blieb das dumpfe Gefühl, dass ich von jemand verfolgt wurde.

Ich ging in mein Cafè hinein, setzte mich so hin, dass ich alles beobachten konnte und trank in Ruhe meinen Kaffee.

Draußen sah ich einen Mann, der die ganze Zeit an einer Stelle stand und zum Cafè schaute. Ich ließ mich nicht davon beunruhigen und nachdem ich meinen Kaffee getrunken und bezahlt hatte, machte ich mich weiter auf den Weg durch die Stadt. Dabei nahm ich auch den Bus und die Bahn.

Der arme Kerl musste nun ebenfalls eine kleine Stadtreise machen. Mehrfach trieb ich ihn regelrechte Schweißperlen auf seine Stirn. Vor allem dann, wenn ich mit ihn Verstecken spielte. Aber ich wollte nicht so gehässig sein und zeigte mich dann wieder.

So spielten wir eine lange Zeit Katz und Maus.

Ich ging dann wieder zum Hotel zurück, legte mich hin und gegen sechs Uhr nahm ich meine Schwimmrunden auf, danach ging es zum Abendessen.
Wie immer ging ich ins Casino, spielte zuerst an den Automaten zum Aufwärmen, bevor es zum Roulette-Tisch ging. Nach ein paar kleinen Gewinnen war es dann soweit, um mich an den Pokertisch zu begeben.

Da saß er nun, der Mann mit der schwarzen Kappe und schaute mich an. Ich ging wortlos an ihm vorbei und als ich meinen Verfolger sah, sagte ich zu ihm:

"Na, wie hat ihnen der heutige Spaziergang gefallen?"

Da haben sie aber ein Glück gehabt, dass sie mich jedes Mal wieder gefunden haben, als ich ihnen verloren ging!"

Ruhig und völlig entspannt setzte ich mich an den Tisch. Eine große Traube hatte sich um den Tisch versammelt. Trotzdem hatte man eine Absperrung um den Tisch gespannt. Der Direktor persönlich gab die Karten aus und leitete das Spiel, damit auch alles korrekt ablief.

Zuvor möchte ich aber noch einige Begriffe und Kartenblätter aufzeigen die man für das Pokerspiel wissen bzw. kennen sollte:

Wie überall gibt es ein Ranking, nachdem ein Blatt bewertet wird.

Man sagt sogar, dass man dieses Ranking auswendig lernen muss, damit man weiß, wo man mit seinem Kartenblatt steht oder was für andere Kombinationen möglich sind.

Das höchste Kartenblatt ist der **Royal Flush**, eine Karte die man aus zahlreichen Filmen her kennt. Der Royal Flush besteht aus einem Flush und einem High Straight zu Ass. Er beginnt immer mit einer 10 und endet mit dem Ass, dabei müssen alle Karten die gleiche Farben haben.

Haben mehrere Spieler einen Royal flush, gewinnen alle und teilen sich den Pott.

Das zweite Kartenblatt das man sich merken muss, ist der **Straight Flush.** Sie ist das zweithöchste Kartenblatt.

en

Dabei kann es auch die Reihenfolge 6,7,8,9 und 10 gewinnen.

Das nächste Kartenblatt ist das **Four of a kind** (ein Vierling).
Er kann aus vier gleichen einer Zahl oder eines Bildes bestehen.

Bei mehreren Vierlingen zählen die höheren Kartenwerte.

Ein bekanntes Blatt ist das **Full House**, welches aus einem Drilling und einem Paar.

Gewinnen kann man nur mit dem höchsten Drilling, also dem Ass. Die Kombination K,K,K, 3 und 3 ist zu schwach, gegenüber dem oberen Bild. Ein **Flush** besteht aus fünf Karten einer Farbe. Die Reihenfolge muss nicht zusammenhängend sein.

Dann folgt ein **Straight**, der auch Straße genannt wird, dabei können die Farben unterschiedlich sein, nur die die Kartenwerte müssen hintereinander liegen.

Dann gibt es noch den **Three of a kind**, besteht aus einem Drilling und 2 anderen Karten .

Gegen einen höheren Drilling würde man mit dieser Karte verlieren.

Dann gibt es noch das Kartenblatt **Zwei Paare,** entscheidend ist hier dann der Kicker, die fünfte Zahl, wenn es mehrere Paare gibt.

Nach den zwei Paaren gibt es auch das Blatt **Ein Paar.**

Haben mehrere Spieler ein Paar, so werden die Beikarten herangezogen. Derjenige mit der höchsten Beikarte gewinnt.

Sollte keiner einer dieser speziellen Kartenblätter haben, dann zählt die **höchste Karte**, haben mehrere Spieler die gleichen höchsten Karten, so werden die Nebenkarten herangezogen. In dem unteren Beispiel kann das Blatt nur durch ein Ass getoppt werden.

Das Spiel begann!

Die ersten Runden waren nur Geplänkel. Dann setzte ich die erste Duftmarke und zwang meinen Gegenüber in eine Devise hinein. Die ersten Marken gingen verloren. In den nächsten Spielen lockte ich ihn mit scheinbar schnellen Gewinnen.

Er wurde risikofreudiger. Genau das wollte ich. Das war meine Strategie. Und er schien mir zu folgen. Dann holte ich zum ersten großen Schlag aus. Mit einer sehr guten Karte schraubte ich den Einsatz immer höher. Bei meinem Gegenüber sah ich die ersten Schweißperlen auf seiner Stirn. Was hatte der jetzt vor? Pokert er wieder so hoch, mit miesen Karten auf der Hand?

Oder hat er eine Superkarte? Ich sah, wie diese Gedanken durch sein Gehirn liefen.

Was sollte er machen? Mitgehen?

Aussteigen und verlieren?

Aber mit den Karten, die er auf der Hand hatte, konnte er keinen großen Staat machen. Gut, wenn es sehr gut laufen sollte, konnte er eine Straße bekommen. Aber reicht das? Sollte er ein mieses Blatt haben und nur mich heraus fordern zu wollen, dann könnte ich gewinnen und das was im Pott war, ist dann meins! Damit hätte ich einen Teil wieder herein geholt.

Was soll ich machen?

Während mein Gegenüber alle Möglichkeiten durchspielte, saß ich mit unbewegter Miene da und schaute meinen Gegenüber tief in die Augen und ich spürte seine Angst, eine falsche Entscheidung zu treffen. Noch schien er zu bluffen, aber waren seine Karten auch so gut, dass er dies konnte? Ich spürte seine Unsicherheit.

Oder war ich für ihn an diesem Tag einfach zu gut? Er bluffte und schraubte den Einsatz nochmals höher. Ich ging locker mit und erhöhte um das Doppelte. Seine Stirn stand voller Schweißperlen, nervös spielte er mit seinen Karten zwischen den Händen.

Sollte er weiter bluffen oder aufgeben?

Dann wäre der Pott aber weg. Er überlegte lange hin und her. Dann nahm er seinen restlichen Chips und schob sie in die Mitte. Ich hatte schon darauf gewartet und ging mit. Jetzt wollte er sehen.

Ich legte auf und sein Gesicht versteinerte sich. Gegen meine beiden Asse hatte er mit seinen beiden 10er keine Chance.

So konnte ich meinen ersten großen Coup landen. Mein Konto wuchs auf eine sehr hübsche Summe an. Für einen Spieler wie mich galt der Grundsatz nur nicht zu sehr auffallen. Also nahm ich meine Chips, löste sie ein und ging zum Hotel wieder zurück. Mein Gegner saß noch über eine Stunde am Roulette-Tisch und konnte es nicht fassen, dass er alles verloren hatte.

Das schrie nach einer weiteren Revanche. Aber nicht heute oder morgen. Irgendwann einmal. Im Hotelzimmer angekommen überlegte ich, wo meine Reise hingehen sollte. Geld hatte ich ja jetzt genug. Also warum nicht in den Süden? Monaco schien mir ein gutes Revier zu sein.

Also dann auf nach Monaco.

Ich hatte einen sehr guten Schlaf und am anderen Morgen packte ich meine Sachen zusammen, transferierte mein Geld auf eine internationale Bank, wobei ich einen kleinen Teil des Geldes aber beim Kasino beließ. Man weiß ja nie. Dann ging es zum Bahnhof und ab in Richtung Monaco.
Nach einer langen Fahrt erreichte ich dann endlich Monaco.

Ich suchte mir ein entsprechendes Hotel aus und buchte für vier Wochen. Am nächsten Tag ging ich erst einmal an den Strand und nahm ein ausgiebiges Sonnenbad. Bräune strahlt immer eine freundliche Ausstrahlung aus. Am Abend ging ich zum Einkaufen und kleidete mich neu ein. Man muss sich den Verhältnissen ja anpassen.

In den nächsten Tagen besuchte ich auch das dortige Casino. Der erste Eindruck war schon überwältigend. Vor allem die Damen mit ihren sparsamen Verkleidungen. Dabei hatten die doch Geld genug, um sich etwas Anständiges zu kaufen. Aber hier schien das Motto zu lauten:

„Wer weniger trägt, hat gewonnen."

Die Einsichten, die man regelrecht präsentiert bekam, konnten einen schon ganz schön verwirren. Aber ich will ja spielen und nicht den Frauen nachlaufen. Dabei, dass fällt mir jetzt wieder ein, die Frauen liefen einem hinterher, sobald man gewonnen hatte.

Die ersten Tage schaute ich mir den Betrieb im Casino an, notierte hier und da die gefallenen Zahlen an den Roulette-Tischen.

Im Hotel wurden alle Zahlen und Erkenntnisse penibel gespeichert und in Listen vermerkt. Nur so konnte ich gewisse Gesetzmäßigkeiten entdecken. Dies sollte mir in den nächsten Tagen noch gewaltig zu Gute kommen.

Dann war es soweit und mein erster Spiele – Abend konnte beginnen. Gegen 21 Uhr betrat ich das Casino, holte mir ein paar Chips und dann konnte es losgehen.

Am Roulette-Tisch 3 begann ich.

Nachdem die ersten Zahlen nicht gerade erfolgreich waren, änderte ich meine Taktik und setzte auf mehrere Zahlen und auf die Farben. Im siebten Spiel ging diese Taktik auf.

Mein erster Gewinn in Monaco. Ein erster kurzer Überschlag machte ein plus von 5000 bis 6000 Euro aus. Die wurden auch gleich wieder eingesetzt. Und siehe da, ich gewann in den nächsten Runden gleich mehrmals.

Also hatte sich die Änderung der Taktik bezahlt gemacht.

Jedoch standen der Einsatz und der Gewinn noch nicht in einem gesunden Verhältnis. Man setzte auf mehrere Zahlen, aber nur eine gewann und der Rest war verloren. Durch die Gewinne konnte ich zwar einen kleinen Überschuss gewinnen, der aber doch nur recht klein ausfiel, zu den Summen, die man auf die Spielfläche legte. Also schaute ich mir auch noch die anderen Tische an. Gab es irgendwo eine Serie, oder wo bestimmte Zahlen mehrmals kamen?

An Tisch sieben sah es zumindest so aus, als wenn hier die Zahlen mehrfach vorkamen. Aber groß gewonnen hatte hier bisher keiner.

Ich schaute ein paar Spiele zu, schrieb mir die Zahlen auf und versuchte eine Kombination zwischen den Zahlen herzustellen.
Eine,bestimmte Reihenfolge gab es. Jetzt galt es den richtigen Augenblick abzuwarten. Dann war es so weit, ein neues Spiel begann und ich legte eine größere Summe auf die sieben.

Die Kugel rollte!

Alle schauten ihr gespannt nach.

Dann fiel sie!

Auf die Sieben!

Ich hatte gewonnen!

Es hat geklappt, dachte ich noch bei mir und sammelte meinen Gewinn ein.

Ein erster kurzer Überschlag spielte sich bei ungefähr 70000 Euro ein. Da war doch schon mal etwas. Noch so einen Coup und der Abend kann nicht besser werden.

Jetzt hieß es wieder alle Konzentration auf das Spiel legen und wieder neu setzten. Diesmal legte ich eine größere Summe auf die Neun. Wieder wurde die Kugel in Bewegung gesetzt, wieder jagte sie durch die Zentrifuge und wieder fiel sie.

Ich wollte gar nicht hinsehen, aber der Jubel um mich herum, zeigte mir an, dass etwas besonders passierst sein muss. Ich öffnete die Augen, schaute auf die Kugel und die Zahl, auf der sie lag.

Es war, ich konnte es kaum glauben, die Neun!

Ich hatte wieder gewonnen!

Diesmal war die Summe noch etwas höher als die erste Ausschüttung.

Jetzt stellte sich mir die Frage:

"Sollte ich weiter machen oder jetzt aufhören?"

Ich wollte mich ja nicht gleich so auffällig machen. Jetzt war guter Rat teuer. Eigentlich hatte ich ja jetzt gerade einem unheimliche Glückssträhne, die man normalerweise ausnutzen sollte, aber da ich ja noch ein paar Wochen hier bin, wollte ich mein Glück ja auch nicht unnötig strapazieren.
Also beschloss ich für heute aufzuhören und ging ins Hotel zurück.

Am anderen Morgen hörte ich im Cafè ein Gespräch mit, wo gestern Abend einer im Casino über 500000 Euro gewonnen hatte, mit der Zahl Elf! Das wäre meine nächste Zahl gewesen.

Zuvor hätte einer mit den Zahlen 7 und 9 eine kleine Summe abgeräumt.

Man wollte heute Abend versuchen, nochmals auf diese Zahlen zu setzten und vielleicht ist einem das Glück auch einmal hold.

Auf der einen Seite ärgerte ich mich, mein Spiel abgebrochen zu haben, aber auf der anderen Seite, war es vielleicht ganz gut, mit kleinen Gewinnen nach Hause zu gehen, als mit einem riesigen Gewinn in der Öffentlichkeit zu stehen.

Mal sehen, was heute Abend so läuft.

Wieder ging ich an diesem Abend im Casino von Tisch zu Tisch, machte mir meine Notizen, verglich die Zahlen und setzte mich an den Tisch 5.

Hier gab es ebenfalls, so wie gestern, eine gewisse Gesetzmäßigkeit. Diesmal setzte ich auf die Zahl 15, eine gute Zahl für mich. Nachdem sie zweimal nicht kam, blieb ich stur und setzte weiterhin auf die 15.

Die Kugel rollte und fiel.

Diesmal… diesmal auf die 15, meine Zahl! Meine Zahl hat mal wieder gewonnen.

Dann setzte ich auf die 21, die noch in dieser Reihe fehlte. Und es passierte, die Zahl 21 fiel. In zwei Spielen hatte ich ca. 150.000 Euro gewonnen.

Für mich viel Geld, für man einen anderen nur etwas Porto-Geld. Ein Banker wurde sagen:

"Alles nur Penauts.<2

Bei so viel Glück drängen sich natürlich auch die Motten ans Licht. Ich wurde von Frauen mit Komplimenten überhäuft und regelrecht angemacht.

Ich bekam Einladungen in die vornehmsten Häuser.

Party ohne Ende.

In den nächsten Tagen reiste ich auf einer Achterbahn der Gefühle.
Eine Einladung jagte die andere. Die Liste der Persönlichkeiten wurde immer größer und Höher. Und der Schwarm der Damen wurde ebenfalls immer größer. Die nächsten Tage kam ich kaum zum schlafen. Ich wachte irgendwo in fremden Betten auf. Fand mich auf Shopping - Touren wieder. Mein Geld verschwand ebenso schnell, wie ich es gewonnen hatte.

Nur mit Mühe konnte ich mich diesem Würgegriff entziehen und war froh wieder unerkannt ins Casino gehen zu können.

Wenn ich hier weiter mitspielen wollte, in der Liga der Superreichen, dann musste ich spielen und gewinnen. Um aber auch anerkannt zu werden, musste man hier ganz stark blenden.

Aber wie konnte man dies machen?

Nun, am Handgelenk musste eine Rolex baumeln, vor der Tür musste zumindest ein Mercedes Sportcoupe stehen, im Hafen ein Sportboot und deine Kleidung sollte von einem Modeschöpfer sein. Ich überschlug meine bisherigen Gewinne, bzw. von dem, was noch übrig war.

Ich überlegte, was brauche ich hier?

Gut, ein Auto konnte ich mir leihen, denn hier waren die Wege kurz. Ein Sportboot im Hafen, dass wäre schon nötig. Also streckte ich meine Fühler aus. Bei den Preisen die hier verlangt wurden, für irgendeinen Seelenverkäufer, die waren schön unverschämt hoch. Also fuhr ich nach Frankreich, in Richtung Canet Place.

Hier fand ich das, was mir zusagte. Ein Schiff, oder besser gesagt, war dies eine Hochseeyacht. Toll ausgestattet und zu einem „Schleuderpreis" zu bekommen. Ich überlegte nicht lange und kaufte mir die Yacht.

Aber ich hatte ja keinen Bootsführerschein.

Auch das war kein Problem, ich blieb einfach zwei Wochen dort, machte Urlaub und machte jeden Tag mich daran, meinen Bootsführerschein zu erwerben.

Es klappte, nach 14 Tagen hatte ich meinen Führerschein und nun konnte ich zum ersten Mal auf meinem eigenen Boot Kapitän spielen.

Das war ein tolles Gefühl, oben auf der Brücke zu stehen und ein so tolles Boot zu steuern. Eines fehlte mir nur noch – eine Uniform. Die ließ ich mir extra anfertigen, mit allem Lametta, was so ein Kapitän braucht. Dann konnte es große Fahrt gehen. Bevor ich losfuhr, schaute ich noch in einem Schmuckladen herein. Hier fand ich eine günstige Rolex und verschiedene Schmuckstücke für den Herrn.

Dann stach ich in See. Es war ein tolles Wetter. Es war einfach traumhaft über die stille See zu gleiten, die Sonne schien vom Himmel und du sitzt am Steuer eines tollen Bootes.

Auf dieser Fahrt zurück nach Monaco überlegte ich, ob es nicht besser wäre, auf dem Schiff zu leben, wie so viele andere auch.

Gut die Liegegebühren waren auch nicht von Pappe, aber immerhin noch etwas günstiger, als ein Zimmer in einem der führenden Hotels am Ort.

Platz hatte ich ja genug und alle Annehmlichkeiten hatte ich ja an Bord. Noch auf dem Weg versuchte ich noch einen guten Liegeplatz zu ergattern. Keine Stunde später hatte ich schon eine Nachricht und bekam einen Liegeplatz zugewiesen.

Dann war es soweit. Langsam fuhr ich in den Hafen von Monaco ein und suchte meinen Liegeplatz. Ich hatte das Gefühl, dass alle Blicke mir und meinem Boot galten.

Aber das war mir völlig egal. Ich war jetzt Eigner und Kapitän in Personalunion.

Dann lag ich vor meinem Liegeplatz. Mein Boot hatte eine sehr gute Lage bekommen. Rechts und links lagen ebenfalls tolle Schiffe. Das Anlegemanöver gelang mir perfekt, obwohl ich dies völlig allein machte!

Voller Stolz verließ ich mein Schiff, das den Namen "Lucky" trug. Damit hatte ich mir eine gute Grundlage geschaffen, um auch weiterhin in der Welt der Reichen mitzuhalten.

Ach ja, zum Schneider wollte ich noch. Aber wohin sollte ich gehen? Ich studierte zahlreiche Modezeitschriften und fand einen Modeschöpfer, der hier Monaco zahlreiche bekannte Leute eingekleidet hatte.

Ich ließ ihn ins Hotel kommen, wo ich ja noch residierte. Als ich ihn zum ersten Mal sah, hatte ich das Gefühl, einem Papagei zu begegnen, so bunt war er angezogen. Im Stillen dachte ich, so willst du aber nicht herum laufen. Mal sehen, was er dir anbieten kann. Bei der ersten Anprobe merkte ich gleich, dass er hochgradig schwul war. Wo der immer messen wollte? Aber im Moment war mir dies egal, ich brauchte ein starkes Outfit und das schnell.

Mit etwas Glück fand ich etwas aus seiner Kollektion und bestellte mir dies in drei verschiedenen Ausführungen. Etwas herunterhandeln konnte ich ihn auch noch. Dann packte ich meine Sachen und zog aus dem Hotel aus.

Ich hatte ja jetzt eine neue Adresse - mein Boot am Liegeplatz 555.

Eine Glückszahl von mir!

Es wurde wieder nötig, wenn ich die nächsten Wochen überleben wollte, dass ich wieder mit dem Spielen anfangen sollte. Ich putzte mich heraus und ging am Abend wieder zu meiner "Arbeitsstätte", um zu spielen.

Es ging zunächst nur recht zaghaft los, die richtigen Zahlen wollten einfach nicht kommen. Also ging ich zwischenzeitlich mal zum Pokern rüber und dort schien ich mehr Glück zu haben. Schnell hatte ich meinen Einstand, um das vierfache erhöht und dann kam ein Spiel, wo man versuchte mit ganz ernsthafter Miene zu pokern. Jeder versuchte zu spielen, ob er konnte oder nicht.

So trieb man die Summe immer weiter nach oben. Ich hielt mich eher zurück. Zwar versuchte ich die anderen zu animieren, mitzugehen, um so die Summe zu erhöhen. Plötzlich lagen auf dem Tisch über 100.000 €. Jeder wurde unsicher. Jeder wartete darauf eine der Topkarten zu erhalten. Hier lag meine Chance.

Mit zwei ganz kleinen Karten, mit denen man eigentlich überhaupt nicht spielt, sondern eher wegwirft, mit zwei Fünfen, spielte ich mein Spiel. Die großen Karten kamen nicht. So stieg einer nach dem anderen aus. Zum Schluss wurden noch zwei weitere Fünfer gezogen, Four of a kind, und damit konnte mich keiner mehr überbieten und ich hatte den Pott gewonnen.

Dann war es aber Zeit mich wieder dem Roulette zu widmen. Hier waren gerade die ersten größeren Gewinne an diesem Abend gefallen. Ein neues Spiel begann. Ich setzte recht hoch auf verschiedene Positionen.

Gebannt schaute ich der Kugel nach.

Blieb sie bei der Zehn oder bei der Fünf stehen, dort wo ich eine hohe Summe hinterlegt hatte? Nein, sie wand sich noch einmal aus der Wanne heraus, rollte noch etwas weiter und blieb…, auf der Fünf liegen.

Ich hatte gewonnen!

Und das war nicht zu knapp. Es ging weiter. An diesem Tisch gewann man an diesem Abend fast immer. Keiner verließ seinen Platz.

Auch ich gewann an diesem Abend mehrfach und weit nach Mitternacht hatte ich über 250.000 € hier am Tisch gewonnen. Dazu die fast 140.000 € beim Pokern. Der Abend konnte sich sehen lassen.

Ich wollte mein Glück nicht überfordern und hörte auf. Morgen war ja auch noch ein Tag.

Ich verbrachte meine Nacht auf meinem Schiff. Es war ein unbeschreiblich tolles Gefühl, 390.000 € gewonnen zu haben.

Erst spät schlief ich ein. Gegen Mittag, nach dem Frühstück machte ich eine kleine Tour mit meinem Schiff. Es war ein herrlicher Tag auf der See. Ich genoss mein Leben, das Wasser, den Wind, die Wellen und die Sonne.

Was mir zu meinem Glück noch fehlte?

Vielleicht eine liebevolle Partnerin?

Aber wie sollte ich die hier finden?

Hier waren alle nur hinter dem Geld hinterher.

Liebe?

Nein, hier reichte es Geld zu haben und alle umschwärmen dich, wie die Motten das Licht. Da ist von Liebe keine Rede. Darauf kann ich verzichten. Vielleicht war es sogar gut so, dass ich zu diesem Zeitpunkt noch keine Partnerin gefunden habe. Sie hätte mich nur unnötig belastet. So freute ich mich des Leben und war einfach stolz, was ich in dieser kurzen Zeit alles geschafft hatte.

Und das mit dem "Spielen"!

Aber ich wusste auch, dass dies sehr schnell enden konnte. Beispiele gab es genug. Also sollte ich auch vorsichtig sein und stets etwas zur Seite legen. Für den Fall der Fälle. Dies wollte ich noch heute tun. Kaum im Hafen, wies ich meine Bank an, 50.000 € in mein Schließfach zu deponieren.

Mein Bankberater wollte mir aber davon abraten, es wäre doch besser wenn ich das Geld arbeiten lassen würde.

Er wüsste da einen ganz tollen Anlagetipp. Ich sagte zu ihn, die 50.000 € bleiben im Schließfach. Vielleicht komme ich noch mal auf ihr Angebot zurück. Wer weiß?

Nach einem ausgiebigen Abendessen in einem tollen Restaurant ging es dann wieder zu meiner "Arbeitsstätte".

Diesmal ging ich direkt zu „meinem" Roulette-Tisch und setzte eher zufällig meine Einsätze.

Aber an diesem Abend hielten sich die Einsätze und Gewinne die Waage. Erst gegen Abend drehte sich das Blatt und meine Gewinne konnten sich sehen lassen. Damit konnte ich auch meine Einsätze erhöhen. Bei allen Spielen schaute ich immer auf meine Einsätze, wie sie im Verhältnis zu meinen Gewinnen standen. Lieber konnte man zeitig aufhören und etwas anderes spielen. Ich merke auch, wenn ich einen guten Tag hatte oder ob es besser war, nur mit kleinen Einsätzen zu spielen. Auch an diesem Abend merkte ich, dass ich diesmal nicht so erfolgreich sein werde, wie es gestern war.

Also spiele ich nur noch etwas zum Spaß und ging an diesem Abend mit nur 40.000 € nach Hause oder besser gesagt, zu meinem Boot.

Auch die nächsten Tage fielen eher schwach aus, was die Gewinne anging. So beschloss ich, ein paar Tage auszuspannen und stach mit meiner "Lucky" in See. Ich fuhr nach Korsika, erkundete dort die Insel. Es war schon ein erhebendes Gefühl, wenn du von einer Höhe herunter schaust und siehst dein Boot unten im Hafen liegen. Ich genoss die Tage auf Korsika. Ich ging angeln, ich tauchte und machte viele Touren in das Landesinnere. Ich traf viele, liebe, nette Leute. Die Zeit verflog im Fluge. Braungebrannt und erholt machte ich mich wieder auf in Richtung Monaco.

Ich spürte, dass ich wieder unruhig wurde und mir das Spiel fehlte. Ich musste jetzt zurück.

Also stach ich wieder in die See. Die Überfahrt wurde etwas unruhig, aber meine, kleine „Lucky" ließ sich nicht davon beunruhigen und zog gleichmäßig durch die Wellen und ich stand am Ruder. Ich fühlte mich wie der alte Seewolf, der sein Schiff, durch die stärksten Wellen führte. Nach drei Tagen hatte ich wieder Land in Sicht. Dann parkte ich meine „Lucky" wieder perfekt auf ihrem Liegeplatz 555 ein.

Ich war wieder zurück.

Die Glückssträhne

Noch am gleichen Abend ging es wieder ins Casino. Meine neuen Sachen von meinem schwulen Modeschöpfer waren mittlerweile auch fertig und so fein heraus geputzt konnte ich meine Aufwartung im Casino machen.

Ich spürte, dass wird meine Zeit! Als ich ins Casino eintrat, wurde ich von den Mitarbeitern freudig begrüßt. Man hatte mich schon vermisst.

Ich nahm Platz an meinem Lieblingsroulettetisch ein und jetzt konnte das Abenteuer wieder von vorne beginnen.

Die Kugel drehte sich, die Zahlen huschten an dir vorbei, du schaust gebannt zu und hoffst, dass deine gesetzten Zahlen kommen beziehungsweise fallen.

Deine innere Anspannung nimmt zu. Wenn du dann einen kleinen Gewinn einstreichen kannst, dann kommst du dich wie ein kleiner König vor und alle am Tisch schauen dir zu, wenn du den Gewinn vom Tisch holst. Dann wird sich auf den neuen Lauf der Kugel konzentriert. Wieder erlebst du das Hoffen und Bangen, zwischen Gewinn oder Pleite. Noch rollt die Kugel, du wünschst dir das sehnlichste, dass die Kugel auf deine Zahl fällt. Aber dein Hoffen wird enttäuscht, denn die Kugel fällt eine Zahl weiter, auf die du nicht gesetzt hattest.

In dieser Zeit erlebst du die Hölle!

Das gesamte menschliche Elend wird dir vor deine Augen geführt. Jeder will gewinnen - es ist wie eine Sucht. An diesem Abend hatte ich mal wieder mein Glück gefunden. Meine Zahlen kamen. Mein Gewinn wurde immer höher.

Sollte ich mehr riskieren?

Es kribbelte mir in den Fingern.

Sollte ich mein Glück zwingen, oder lieber mit dem zufrieden sein, was ich bis dahin gewonnen hatte? Immerhin hatte ich zu diesem Zeitpunkt schon gut 100.000 € auf mein Konto verbuchen können.

Ich überlegte, denn ich hatte gerade eine Glückssträhne, obwohl ich nur irgendwelche Zahlen spielte.
Es waren zwar kleine Gewinne, die sich aber summierten.

Was sollte ich tun?

Wenn man sein Glück zu sehr heraus fordert, kann es auch ganz schnell für lange Zeit vorbei sein, mit dem Glück. An diesem Abend aber war ich zurückhaltend und setzte weiter nur kleine Beträge. Damit hatte ich für die nächsten Tage mein Glück gerettet und konnte meine Gewinnsumme merklich nach oben steigern. Langsam wurden einige auf mich aufmerksam. Ich bekam Einladungen in die besten Gesellschaftskreise.

Auch die Motten umschwärmten mich, wie die Sonne die Erde. Die nächsten Wochen erlebte ich wie im Rausch.

Ich zog von einer Gesellschaft zu der anderen. Die Nächte wurden zu Tage gemacht. Schon am Nachmittag gab es die ersten Einladungen. Am Abend wurde das Casino gestürmt, es wurde gesetzt und manchmal gewonnen. Aber auch oft verloren. Wer gewonnen hat, der hielt die Gesellschaft frei. Es war einfach ein Leben wie im Rausch.
Die Tage liefen einfach einem davon, ohne das man eigentlich gelebt hatte. Es war wie ein Fluss ohne Wiederkehr.

Man ließ sich einfach treiben und dachte nicht an später.

Nein, man lebte jetzt im Hier und Heute. Was morgen sein wird, interessierte keinem. Jetzt konnte man sich alles leisten – und morgen? Daran verschwand man keinen Gedanken.

Auch ich ließ mich durch diese Gedanken oder sollte ich lieber sagen, durch dieses wilde, ungezügeltes Leben blenden und machte mit. Hier eine Party, später dort eine.
Es wurde gelebt, getrunken, gehurt und man lebte nur für den Augenblick. Es war Leben voller Abwechslung, ein Leben auf der Überholspur. Aber auch ein Leben, dass einem viel abverlangte, um nicht unter zu gehen.
Durch warst in einer Spirale drin, aus der du nicht mehr heraus kommst.

Solange du noch Geld hattest, wurdest du umschwärmt und alle hatten Spaß, dein Geld auszugeben. Denn jeder schaute letztendlich nur auf seinen eigenen Vorteil.

Die Grausamkeit zeigte sich dann, wenn du kein Geld mehr hattest, dann wurdest du aus diesem Kreis verbannt.

Manch einer versuchte es auf der krummen Tour in diese Kreise zu bleiben. Mancher Abstieg endete auch mit dem Freitod. Mancher helle Schein, war schon ein dunkler Schatten, nur seine Träger wussten davon noch nichts oder wollten es nicht wahr haben, dass ihre Tage gezählt waren. So gab es manches Schicksal, was einem die Schnelllebigkeit dieses Jet Set vor Augen führte, aber man selbst hoffte immer, dass man nicht dazu gehören werde.

So machte man einfach mit!

Ich musste mich manchmal wegstehlen, damit ich für einige Tage meiner "Arbeit" im Casino nachgehen konnte. Denn für dieses Leben brauchte man Geld – sehr viel Geld.

Zum Glück hielt meine Glückssträhne und ich schöpfte sehr hohe Gewinne ab. Normal hätte ich mit diesen Gewinnen ein ruhiges, beschauliches Leben in einem kleinen Hafen im Mittelmeer leben können. Ohne Sorgen um meine Zukunft. Aber dieses Leben im Jet Set verlangte von mir alles ab, um dort auch anerkannt zu werden. So gingen meine Gewinne auch wieder weg, wie sie kamen.

Hier zählte immer nur noch eins:

100

„Immer höher, immer wilder, immer ausgefallener, immer verrückter!"

Nach einem Jahr hatte ich das Gefühl, ich bin total ausgebrannt.
Einfach erschöpft von dem Leben im Jet Set.

Ich beschloss eine Auszeit zu nehmen und kaufte mir eine Flugkarte nach Las Vegas, ins Spielerparadies der USA. Meine „Lucky" blieb auf ihren Liegeplatz liegen.

Je näher ich den USA näher kam, umso mehr fieberte ich dem ersten Spiel entgegen. Aber noch musste ich mich Stunde um Stunde gedulden, was mir doch recht schwer fiel. Endlich betrat ich den Boden des Spielerparadieses.

Ich hatte es geschafft. Zuerst kümmerte ich mich um ein Hotel, dann um eine Bankverbindung.
Anschließend ging ich in ein Restaurant, um wie immer, mein Abendessen einzunehmen. Danach machte ich mich fertig und dann ging es endlich in die größte Spielhölle der Welt.

Ich war begeistert vom Lichterglanz, von den vielen Spielhöllen, von den Casinos.

Zur Einstimmung ging es erst einmal in eine Spielhölle. Ich war regelrecht erschlagen von der Größe, vom Glanz und von den Automaten.

Da war das, was wir da zuhause hatten, eine Puppenstube dagegen.

Ich belegte gleich 3 Automaten und mein erstes Geld verschwand in dem Schlund des Automaten. Aber hier und da kam auch unten noch etwas heraus. Nach einer Stunde hatte ich zumindest meinen Einsatz wieder wettgemacht. Aber jetzt wurde es Zeit in einer der Casinos zu gehen. Ich bummelte die Hauptstraße rauf und runter. Das Royal gefiel mir. Ich ging hinein.

Es war überwältigend, was ich da mit meinen Augen sah. Hier standen allein die vierfache Menge an Roulettetischen, als in Monte Carlo. Zuerst schlenderte nur einfach durch die Reihen. Es war einfach ein tolles Gefühl. Alles war hier viel größer. Aber wo sollte ich anfangen? Ich blieb an einigen Tischen stehen und schaute zu.

Was mir gleich auffiel, der Einsatz war hier viel geringer, um es mit anderen Worten zu sagen:

"Hier kamst du auch den ganzen Abend mit 100 Dollar aus und nicht wie in Monte Carlo, wo an einem Abend 30 bis 40000 Euros eingesetzt wurden. Aber es musste doch andere Casinos geben, wo man mit solchen Summen spielte? Die nächsten Tage klapperte ich sämtliche Casinos ab.
Ich spielte mal hier und dort. Aber bei den kleinen Einsätzen konnte ich höchstens 500 bis 1000 Dollar pro Abend gewinnen. Das war nicht so meine Welt. Ich suchte die etwas andere Gesellschaft.

Aber wo konnte ich sie finden?

Ich las wieder in den einschlägigen Gazetten und dann wurde ich fündig. Da gab es einen Privatclub. Klein und verschwiegen war nicht. Das war ein riesiges Gebäude mit vielen Spielmöglichkeiten. Ich also nichts wie hin und rein.

Mein Gott, was für eine Pracht. Ich wurde fast so andächtig, als wenn ich eine Kathedrale betrete. Ich merkte, dass ich Schweißperlen auf meiner Stirn hatte. Fassungslos durchlief ich die große Halle.

Ja fast ehrfürchtig nahm ich Platz auf einen der vielen großen Sessel und ließ mir erst einmal die gesamten Eindrücke auf mich einwirken. Dies war schon eine fantastische Welt.

Ich weiß nicht wie lange ich dort gesessen habe und nur einfach gestaunt habe, wer sich hier die Ehre gab. Und da sollte ich jetzt dazugehören? Ich konnte es nicht fassen. Jetzt musste nur mein Glück mir treu bleiben. Ich verharrte noch so eine Weile und dann riss ich meinen ganzen Mut zusammen und ging an einen der Spieltische.

Hier wurde Poker gespielt. Mein Spiel. Ich schaute eine Weile zu, um die Spieler zu beobachten. Hier stiegen die Summen recht schnell nach oben. Vielleicht war das ein guter Einstieg.

Die Plätze wechselten recht schnell. Immer wieder schieden Spieler aus, die sich verzockt hatten. Ich merkte, jetzt sollte bald meine Stunde kommen.

Als wieder mal ein Spieler ausschied, nahm ich seinen Platz ein. Mit einigen guten Karten legte ich den Grundstock für den großen Schlag. Plötzlich waren nur noch drei Spieler an unserem Tisch. Die anderen waren schon längst ausgestiegen. Die Summen die auf dem Tisch lagen wurden mit jedem Spiel höher.

Meine Gegenspieler waren Profis. Sie spielten zum Teil zusammen.

Ich musste also auf der Hut sein und jedes Zucken in deren Gesichtern erfassen. Aber die waren starr und wie eine weiße Wand.

So versuchte ich einfach nur zu lachen. Mit jeder Karte wurde mein Lächeln breiter. Das muss die irgendwie verunsichert haben.

Ich spürte, dass ich sie mehr verunsicherte, als sie mich. Ihre Mienen wurden immer dunkler. Aber jeden Angriff von denen konnte ich mühelos parieren.

Die Verunsicherung nahm immer weiter zu. Jetzt brauchte ich nur noch auf einen Fehler von denen zu warten. Meine Chips wurden mit jedem Spiel immer mehr. Jetzt konnte ich sie in meine Fallen locken. Dann war es soweit. Obwohl ich keine hervorragende Karte bekommen hatte, legte ich mein breitestes Lächeln auf. Aber sie riskierten nur kleine Summen, die ich aber ihnen wieder mit einer schwachen Karte abnahm.

Mein Stapel vor mir wuchs immer mehr.
Im nächsten Spiel hatte ich eine Topkarte.

Diesmal zog ich eher ein trauriges Gesicht. Plötzlich gingen die anderen in die Vollen. Die Summe wuchs immer mehr. Aber ich ging immer mit. Plötzlich verdoppelte ich die Summe. Zwei der Spieler mussten alles setzen, wenn sie im Spiel bleiben wollten. Der dritte Spieler zögerte noch.

Sollte er mitgehen?

Chips hatte er noch genug. Bedächtig legte er seinen leicht erhöhten Einsatz auf dem Stapel in der Mitte drauf.
Dann wurden die neuen Karten gezogen. Alle schauten gebannt auf das, was da gezogen und aufgedeckt wurde.

Zuerst kam die erste der fünf Karten, die jetzt gezogen wurden. Es war ein Ass.

Karte zwei und drei waren zwei Zehner. Die vierte Karte war wieder ein Ass.

Ich merkte, dass das Gesicht meines Gegenübers immer finsterer wurde. Jetzt wurde die fünfte Karte aufgedeckt - wieder ein As.

Mürrisch und widerwillig deckte er seine Karten auf. Er hatte zwei Könige, zwei Achter und eine sieben. Er hatte zwei Paare. Das war leider zu wenig gegen meine Karten, zwei Asse und zwei Zehner, die noch gezogen wurden sind. Ich hatte Mühe meine Chipstapeln zu bändigen. Dann wollte er noch ein weiteres Spiel mit mir.

Aber nur wir beide allein.

Ich sagte, „okay, wenn du es unbedingt willst!"

Am Anfang spielte er recht aggressiv und ich ließ ihn in der Hoffnung, dass er jetzt den großen Schlag gegen mich machen könnte. Brutal und ohne Rücksicht jagte er die Summe immer höher. Dabei konnte ich jede Summe, die er setzte, mühelos mitgehen. Ich merkte, dass er, nachdem er ein paar Spiele gewonnen hatte, die ich ihm geschenkt hatte, ihn in eine solche Spiellaune brachte, dass er anfing unvorsichtig zu werden und auf Teufel komm raus setzte, obwohl er dafür keine vernünftigen Karten hatte. Aber ich ließ ihm in diesem Glauben, als hätte er gerade eine super tolle Glückssträhne. Denn ich wusste meine Zeit kommt noch!

Er jagte die Summe im Pott immer höher. Sein Puls erhöhte sich mit jedem Spiel.

Sein Taschentuch war schon sehr nass, so sehr schwitzte er. Um unseren Tisch stand eine riesige Menschentraube, die gebannt das Spektakel verfolgte. Bei jedem Einsatz von ihm hörte man ein lautes: "oooh" Ich konnte mühelos dagegen halten.
Eigentlich hätte ich mit dem Spiel 12 alles beenden können.

Aber er hatte noch eine große Summe in Chips vor sich liegen. Die wollte ich auch noch haben. So spielte ich noch zwei weitere Spiele auf Abwarten.

Dann kam das Spiel 15. Ich zwang ihn alles zu setzen.

Ich hatte ein sehr gutes Blatt auf der Hand und das was dann gezogen wurde, ließ mein Lächeln noch breiter werden.

Dann wurden die Karten aufgedeckt und ich hatte einen Royal Flush aufgelegt. Sein Gesicht versteinerte sich, als er mein Blatt sah.

Er. obwohl er ein sehr gutes Blatt auf der Hand hatte, nämlich ein Full House, hatte er zu hoch gepokert, mit seinem kleinen Blatt.

Jetzt musste er seine Hose herunter lassen. An diesem Abend hatte ich über 750.000 Dollar gewonnen. Nach diesem Erfolg konnte ich noch nicht nach Hause gehen, sondern suchte noch einen anderen Club auf. Ich war der Meinung, dass ich meine Glückssträhne ausnutzen sollte.

Ich setzte mich an einem Roulettetisch und begann zuerst recht unkonventionell zu spielen.

Ich setzte irgendwelche Zahlen. Dabei hatte ich das unverschämte Glück, dass diese Zahlen auch gezogen wurden. Normalerweise geht jeder Spieler her und schaut sich die Zahlen an, die gezogen werden und zieht für sich eine gewisse Gesetzmäßigkeit daraus, um dann jene Zahlen zu spielen.

Aber das brauchte ich an diesem Abend komischerweise nicht.

Ich setzte weiter wild auf irgendwelche Zahlen und die fielen dann auch noch. Am frühen Morgen hatte ich hier über 250.000 Dollar gewonnen.

Voller Glückseligkeit verließ ich das Casino und war jetzt um eine Million Dollar reicher geworden. Und dies in nur einer Nacht!

Was sollte ich jetzt damit anfangen?

Der Verstand sagte: "Höre auf!

Du hast jetzt genug!"

Die innere Stimme sagte zu mir:

"Mach weiter!"

Deine Glückssträhne ist noch nicht zu Ende!"

Aber zum Glück war an diesem frühen Morgen meine Müdigkeit stärker und ich machte mich auf den Weg ins Hotel.

Meine Gewinne hatten sich herum gesprochen und plötzlich bekam ich Einladungen in die feine Gesellschaft.

Zahlreiche Damen buhlten um meine Freundschaft. Ich wurde in der Gesellschaft herum gereicht. Ich bekam das Gefühl, jetzt etwas besonders zu sein.

Damit begann mein Weg in die feine Gesellschaft. Es wurde eine Reise, wie auf einen Schlitten. Immer höher, weiter, größer und verrückter.

Wir flogen um die Welt. Frühstück in Tokio. Mittagessen in London und am Abend wieder in Los Angeles. Oder mal eben einen Trip zum Amazonas hin. Dagegen war die Bärenjagd in Kanada ein Tagesausflug. Man lebte nach dem Motto:

"Was kostet uns die Welt - wir haben es ja!"

Es war wie ein Rausch!

Manchmal dachte ich zurück. Dachte an mein Schiff Lucky, dass am Anlegeplatz 555 vor sich hin dümpelte. An die Zeit der Ruhe, die ich dort verbringen konnte, wenn ich in die See stach. Irgendwie fehlte mir diese Ruhe.

Was hatte ich jetzt?

Ich raste von einem Event zum anderen. Dabei sein war alles! Sehen und gesehen werden hieß das Motto in dieser Zeit. Jeden Blödsinn musste man mitmachen. Die Nächte wurden zu Tagen gemacht. Der Alkohol wurde zum täglichen Begleiter. Aber auch Drogen machten immer öfters bei den feinen Gesellschaften die Runde. Es war wie ein Teufelskreis, aus dem man nicht mehr hinaus kam.

Am Anfang zog ich mich mal für zwei Tage zurück. Ich lieh mir ein Boot und fuhr einfach auf die See hinaus. Da kam ich mal wieder herunter und fand auch wieder zu mir. Dann konnte ich auch mit klarem Kopf wieder ein Casino aufsuchen und mein Glück versuchen. Zum Glück hatte mich mein Glück noch nicht verlassen und so konnte ich die horrenden Ausgaben immer wieder ausgleichen.

Aber wie lange sollte dies noch gut gehen?

Noch machte ich mir keine allzu großen Sorgen darüber, denn jedes Mal wenn ich wieder zurück war in dieser feinen Gesellschaft, vergaß ich alle guten Vorsätze und haute auf die Pauke, dass nur so krachte.

Um überhaupt als einer von ihnen anerkannt zu werden, muss man verrückt sein und mit dem Geld nur so um sich zu werfen. Da ist dann alles recht! Man musste im Gespräch bleiben. Nur so konnte man sich gegen die schnelle Vergänglichkeit wehren. Selbst wenn ich zwei Tage auf See war, musste ich schon Angst haben, dass man in Vergessenheit gerät und ein anderer deinen Platz eingenommen hat.

Also sprang man immer wieder auf diesen Zug auf, ohne zu wissen wo die Reise hingehen wird. Man gibt sich wieder diesem Rausch hin und lebt einfach über seine Verhältnisse. Jagt irgendwelchen dummen Ideen hinterher und glaubt dann auch noch, man sei der Größte auf dieser Welt.

Wo in dieser Zeit der Verstand geblieben ist?

Ich weiß es nicht!

Auch wenn ich heute im Rückblick auf diese Zeit schaue, muss ich sagen, ich weiß es nicht mehr.

Vielleicht hat er einfach aufgegeben, mich zu belehren, da man sowieso nicht auf ihn hörte. Diese Zeit war wie ein wilder Rausch, wie ein rauschender Wildwasserbach auf dem Weg ins Tal.

Da gibt es nur einen Weg - immer weiter, ohne groß nachzudenken. Ohne an den Morgen zu denken. Ohne sich den Folgen, die daraus entstehen können, bewusst zu sein. Ohne Reue, ohne Lasten und ohne an andere zu denken.

Man lebt einfach nur im hier und jetzt! Und das sprichwörtlich.

Man merkte nicht einmal, wenn einer von diesem Zug in die Tiefem absprang. Es war halt dann so. Er war nicht mehr da! Dafür gab es schnellen Ersatz. Es war eine kalte Gesellschaft. Solange man verrückt genug war und Geld hatte, wurde man anerkannt und durfte mitmachen, in diesem erlauchten Kreis. Aber wehe du ließ eine Schwäche erkennen, dann konnte sich die feine Gesellschaft kann schnell von dir abwenden und dein Weg nach unten begann.

Wenn man konnte, trat man noch nach, um das Ende zu beschleunigen.

So eiskalt konnte man abserviert werden.

Hier regierte nur noch der Mammon.

Die Menschlichkeit blieb auf der Strecke. Aber in dieser Zeit Verantwortung für jemand anderen zu tragen, dass kam nicht in Frage. Du warst zu sehr mit dir selbst beschäftigt und musste sehen, dass du nicht vom Weg abkamst. Er hätte schlimme Folgen für dich bedeutet.

Das Glück verabschiedet sich

Bei den durch gezechten Nächten wurde mit dem Geld nur so herum geworfen. Je mehr desto besser. Je teuer die Flasche Wein, umso besser. Es wurde geprasst ohne Ende. So ging das über viele Monate.

Das Geld auf dem Konto schmelzte aber wie das Eis in der Sonne dahin.

Bald wurde es auch für mich wieder eng auf dem Konto. Alles verschlang Unsummen an Geld. Das Haus, das Boot und die Nächte auf dem Hochgeschwindigkeitszug.

Es wurde mal wieder Zeit, dass ich spielen ging.

Also versuchte ich unter einem Vorwand mich für eine Woche aus meinem "Kreis" zu verabschieden. Ich nahm mein Boot und stach erst einmal in See.

Zwei Tage genoss ich das Leben auf dem Boot. Es war einfach himmlisch, so durch die Wellen zu gleiten, den Wind in den Haaren zu spüren, die Sonne zu erleben, wie sie deine Haut eine leichte Bräune verlieh und ihr einen schönen Glanz gab.

Aber vor allem die Ruhe, die man in sich aufnahm, taten einem gut. Ich bekam Abstand zu dem wilden Leben und merkte zum ersten Mal, dass es mir gut tat, wenn ich hier auf See unterwegs war und nachdenken konnte, über mein Leben, dass ich jetzt führte.

Es war aber auch die Weite, die ich spürte, die ich sah und mir dabei lehrte, dass ich nur ein kleines Rädchen in dieser Welt bin.

Nicht der Größte, nicht der Beste!

Ich war nur ein Sandkorn von vielen. Ich wusste aber auch, dass mein jetziges Leben, so nicht weiter gehen kann. Vielleicht noch eine längere Zeit, aber mit welchen Folgen?

In Florida, Miami ging ich an Land und suchte ein Casino auf. Der erste Abend war recht enttäuschend. Zum ersten Mal nach langer Zeit hatte ich einen Verlust eingefahren. Auch den zweiten Abend beendete ich mit einem Verlust.

Aber jetzt am dritten Abend musste wieder ein Gewinn drin sein. Obwohl ich alles versuchte, es lief einfach nicht. Weder beim Pokern, noch am Roulettetisch sah ich mein Glück.

Es war schon spät in der Nacht und ich hatte bisher mehr verloren, als das ich gewonnen hatte. Noch einmal setzte ich alles auf meine Zahlen. Ich verfolgte den Lauf der Kugel.

Zum ersten Mai standen Schweißperlen auf meiner Stirn. Ein Gefühl, dass ich überhaupt nicht kannte. Aber was war das? Die Kugel hüpfte wie wild umher. Dabei hatte sie schon bei einer meiner Zahlen gelegen. Jetzt lief sie noch einmal eine Ehrenrunde.

Ich hielt die Luft an.

Stille machte sich am Tisch bemerkbar.

Dann fiel die Kugel.

Sie fiel… ganz langsam auf einer meiner Zahlen. Mein Herz raste wie wild.

Ich hatte gewonnen!

Ich hatte gewonnen!

Endlich!

Dadurch konnte ich meine bisherigen Verluste ausgleichen und hatte noch ein hübsches Sümmchen übrig. Anstelle jetzt aufzuhören, hörte ich, wie meine innere Stimme zu mir sprach:

"Jetzt hast du gerade eine Glückssträhne, nutze sie aus!"

Nutze jetzt dein Glück, eine solche Chance bekommst du nicht ein zweites Mal."

Also setzte ich im Überschwang der Gefühle noch einmal alles auf eine Karte.

Wieder fieberte ich der Kugel nach. Inständig flehte ich die Kugel an, auf einer meiner Zahlen liegen zu bleiben, weil alles davon abhängen würde.

Sie rollte… und rollte… und rollte…

Mein Herz raste… mein Puls überschlug sich fast… atemlose Stille am Tisch…

und sie rollte noch… und rollte… Ich konnte kaum mehr hinschauen.

Ich schloss die Augen!

Dann ein Jubelschrei… die Entscheidung war gefallen, … sie rollte nicht mehr!

Ich hatte auf die fünf gesetzt… und wo lag sie jetzt?

Auf der sechs!

Ich war verzweifelt.

Alles verloren!

Zum ersten Mal seit langer Zeit, ging ich ohne Gewinn nach Hause!
Schlimmer noch… ich hatte einen großen Verlust gemacht. Dabei bin ich auf Tour gegangen, um mein Konto wieder drastisch zu erhöhen.

Einen Tag hatte ich noch, um dieses Ärgernis auszumerzen. Am nächsten Abend spielte ich wieder an dem Roulettetisch. Wieder spielte ich meine Zahlen. Aber irgendwie brachten mir diese Zahlen kein Glück mehr. Immer knapp daneben lautete das Ergebnis. Also versuchte ich neue Zahlen. Aber auch die taten sich schwer, dem Glück zu folgen. Meine Lage wurde immer prekärer. Meine Mittel verschwanden immer schneller, als es mir lieb war.

Was war los?

Hatte mich mein Glück verlassen?

Dann eine neue Runde. Ich setzte alles, was ich noch hatte.

Wieder lief die Kugel. Ich hörte ihren Klang, ihren Lauf.

Ich mochte gar nicht hinschauen.

Noch immer lief sie!

Mein Herz raste immer schneller, ja meine Knien fingen an zu wackeln, ja regelrecht zu zittern. Ein Gefühl das ich bisher nicht kannte. War ich schon so abhängig geworden, vom Fall der Kugel?

Ich hörte nur noch, wie sie fiel.

Keiner freute sich.

Eine eigenartige Stille trat ein.

Nur langsam riskierte ich einen Blick auf die Kugel.

Ich schaute auf die Kugel und musste feststellen, sie hatte sich eine Zahl von mir ausgesucht. Endlich mal wieder ein kleiner Gewinn. Ich hörte hier auf.

Vielleicht hatte ich ja beim Pokerspiel mehr Glück. Die ersten Spiele waren mager. Keiner wollte etwas riskieren. So konnte ich meine Kasse nur mit Mühe auffüllen. Dies ging so über Stunden. Meine Chips wurden zwar mehr, aber es waren keine großen Summen dabei. Dabei blieb es auch in den nächsten zwei Stunden.

Dann war Sperrstunde!

Man ging auseinander und wollte morgen Abend weiterspielen.

Und was hatte ich gewonnen? Nach Abzug aller Unkosten hatte ich einen Gewinn von 10.000 Dollar gemacht. Eine Summe, die ich in einer Stunde im "Kreis" locker ausgegeben hätte. Manch einer wäre froh, wenn er mit einer solchen Summe nach Hause fahren könnte.

Aber bei mir?

Da hätte mindestens eine Null mehr dran sein gemusst. Also sagte ich mir:

"Dann bis morgen Abend auf ein neues Glück."

Ich ging zum Boot legte mich hin, kam aber nur schwer in den Schlaf.
So schlecht war es schon lange nicht mehr.

Hoffentlich sieht es morgen Abend anders aus, dachte noch so bei mir und fiel endlich in den Schlaf.

Dabei dachte ich zurück an die Zeit in Monte Carlo und an mein Boot "Lucky", dass jetzt einsam im Hafen lag. Plötzlich war ich wieder wach und überschlug meine Finanzen. Das was ich noch auf der Bank hatte, reichte nur noch für 14 Tage im Kreis, wenn ich nicht morgen groß absahne. Sollte ich mein Schiff, mein Haus hier verkaufen? Gut, dass würde den Aufenthalt im Kreis nur um drei Wochen verlängern. Dann würde ich blank sein, wenn mein Glück nicht zu mir zurückkommt. Aber warum sollte mein Glück mich verlassen? Habe ich vielleicht mein Glück zu sehr heraus gefordert?

Vielleicht gar überfordert?

War ich nicht einsichtig genug, dass alles Mal ein Ende hat? Hatte mein Verstand mich nicht immer gewarnt?

Hatte er nicht gesagt, du hast jetzt so viel, dass du damit in Ruhe leben kannst? Aber sollte man aufhören, wenn das Glück einem regelrecht nachläuft?
In dieser Nacht machte ich mir viele Gedanken. Was sollte ich bloß tun? Ich beschloss die Frage zurück zu stellen und schlief völlig übermüdet ein.

Am nächsten Abend stellte ich mir die Frage von gestern Nacht nicht mehr, sondern jetzt stand die Vermehrung meines Geldes an.

Ich spielte, probierte immer neue Zahlenkombinationen aus. Der Erfolg blieb aus. Nur kleine Gewinne stellten sich ein. Also musste ich doch noch an den Pokertisch.

Etwas war komisch an diesem Tag. Hatte ich mal eine gute Karte, dann war der Gewinn gering. Aber die guten Karten, die ich bekam, wurden immer geringer. Ich musste, wenn ich gewinnen wollte, immer mehr ein sehr hohes Risiko mit einer schlechten Karte eingehen. Vielleicht konnte ich die anderen damit verunsichern und mir so den Pott sichern. Da hatte ich wieder ein solches Spiel auf der Hand.

Sollte ich… oder sollte ich nicht?

Ich überlegte lange. Meine Miene wurde ernst.

136

Sollte ich mein Glück erzwingen? Ich versuchte es. Meine Mitspieler waren ebenfalls unsicher, was sie spielen sollten. Gelang es mir, sie weiter zu verunsichern?

Der Pott war sehr gut gefüllt, wie lange nicht mehr, wie mir ein Spieler versicherte. Da wird man vorsichtig!

Ich wollte den Pott, um jeden Preis. Keiner der Mitspieler wollte mitbieten und einer nach dem anderen stieg aus.

Dabei hatte ich ein ganz mieses Blatt. Wenn die das gewusst hätten.

So gewann ich mit einem Zweierpaar. Immerhin waren in dem Pott 75.000 Dollar drin. Für mich ein heißer Tropfen auf dem Stein.

An diesem Abend beschloss ich, wieder nach Monaco zurück zu kehren.
Ich machte mich auf den Weg zurück nach Las Vegas. Dort angekommen, packte ich meine Sachen.

Aber ich kam nicht weit, denn plötzlich klopfte jemand an meine Zimmertüre. Man hatte mich schon sehnsüchtig zurück erwartet. Ich wurde mit vielen Fragen überhäuft. Ich brauchte Stunden, um sie zu beantworten.

Dann tauchte auch die Frage nach einem Pokerspiel auf. In der Zwischenzeit war ein Spieler aufgetaucht, der sie reihenweise im Pokerspiel geschlagen hatte. Große Summen konnte er sich einverleiben. Er muss schon sehr gut sein.

Ob ich denn nicht den Mut hätte, gegen ihn anzutreten? Ich wäre ja auch einer der Besten von uns. Klar, ein solches Spiel würde mich schon reizen. Aber dafür sind einige Vorbereitungen nötig.

Jeder wollte helfen!

Man war schon fast dabei einen Termin dafür festzulegen. Aber ich musste erst einmal alle Hoffnungen zunichte machen. Über das wie und wann wollte ich schon selbst bestimmen.
Ein solches Spiel reizte mich schon sehr. Vielleicht auch deshalb, um mir zu beweisen, wer ist der beste Spieler. Sicher spielt da das Glück auch eine gewichtige Rolle, denn ohne die richtigen Karten, zum richtigen Zeitpunkt, machst du gar nichts.

Da sie nun einmal da waren, beschlossen wir eine kleine Sause zu machen. Wir zogen los.

Meine 75.000 Dollar, die ich aus Florida noch mitbrachte, schlugen wir in dieser einen Nacht auf dem Kopf. An diesem Abend war ich der Größte in diesem feinen Kreis.

Am Abend machten wir noch einen kleinen Abstecher in unserem Klub. Ich spielte noch ein paar Runden am Roulettetisch zwei. Innerhalb von einer Stunde gewann ich über 100.000 Dollar.

War mein Glück wieder da?

Aber was waren hier 100.000 Dollar?

75.000 Dollar hatte ich gerade mit meinem Anhang durchgebracht. Danach ging die Sause weiter.

Am nächsten Abend ging es auf die gleiche Tour weiter. Spielen, trinken, essen und dann wieder Spielen.

War ich eigentlich für das Duell überhaupt gerüstet?

In einer Nacht, als ich mal wieder total fertig in mein Hotelzimmer heim kam, schaute ich in einem Spiegel an der Wand. Ich erschrak. Mein Gott, wie siehst du denn aus?

Obwohl ich noch jung an Jahren war, sah ich um Jahre gealtert aus. In dieser Nacht beschloss ich, keine Extratouren mehr zu machen, sondern nur noch vernünftig leben.

Am nächsten Abend sagte ich zu meinen „Saufkumpanen", dass es an der Zeit ist, dass ich mich auf das Duell vorbereiten müsste. Dazu bedarf es eiserner Disziplin und einen klaren Kopf. Also wenn ihr dieses Duell wollt, dann müsst ihr mich jetzt auch absolut in Ruhe lassen. In zwei Monaten wäre ich wieder soweit, um in das Duell gehen zu können. Okay, diese Zeit wollte man mir geben!

Dann zogen sie ab! Ich bat noch darum, noch nichts über mich zu erzählen. Noch wollte ich etwas im Hintergrund bleiben, um meinen Gegner studieren zu können.

In den nächsten Tagen verkaufte ich mein Boot und mein Haus, welches ich mir mal vor Monaten zugelegt hatte.

Ich hatte Glück und konnte einen sehr guten Preis für beide Objekte herausholen. So konnte ich mein Kampfkonto weiter aufstocken.

Aber reichte die Summe, die jetzt auf dem Konto lag? Zurzeit lagen dort etwas über 500.000 Dollar. Sicher würde ich noch etwas mehr brauchen. Also ging ich jeden Abend ins Casino. Meist aber nur an den Roulettetisch zwei.

Hier konnte ich zumindest meine Einsätze verdoppeln. Nach einer Woche hatte ich etwas über 150.000 Dollar gewonnen. Am Samstag spielte ich wieder an meinem Tisch, als mein Gegner mit seinem Gefolge herein kam.

Ich hörte auf zu spielen und schaute mir das Schauspiel an. Es war schon beeindruckend, wie er seinen Aufmarsch zelebrierte. Nach einer halben Stunde begann er sein Spiel. Ich hatte mich in der Zwischenzeit nach ganz vorne in dem Pulk um den Pokertisch gemogelt und konnte sehr gut seine ganze Mimik studieren. Jeden Blick nahm ich in mir auf. Vielleicht brauchte ich dies einmal.

Je mehr man von seinem Gegner weiß, desto besser ist das.

Was ich ferner bemerkte, er spielte nach einem System und zog dies immer gleich durch. So zermürbte er seine Gegner und zwang sie zu unkontrollierten Handlungen, die dann zu ihren Verlusten führten.

Er führte sie in eine Sicherheit hinein, dass sie jetzt endlich ihre Traumkarten haben und das Spiel mit absoluter Sicherheit gewinnen würden. Obwohl mir seine Spielweise klar war, schaute ich weiter jeden Abend ihm zu. Viele kleine Bausteine konnte ich so sammeln und zu einem Mosaik zusammenstellen. Mit der Zeit bekam ich ein sehr genaues Bild über meinem Gegner. Eines Tages konnte ich ihn im Jachthafen beobachten. Sein ganzes Gehabe zeigte mir, dass er sehr unsicher war und dies nur über ein gesteigertes Ego überbrücken konnte.

Ich versuchte noch mehr über seine Person heraus zu bekommen. Mit der Zeit erhielt ich doch einige erstaunliche Informationen, die mir weiterhelfen konnten.

Immer mehr bekam ich ein Bild über seine doch recht eigenartige Persönlichkeit.

Die nächsten Wochen sammelte ich sowohl Geld auf meinem Konto, aber auch immer neue Informationen über meinem Gegner. Ich spielte immer mehr, um mich auch in Stimmung zu bringen. Dabei halfen mir auch meine kleinen und großen Gewinne. Meine „Kriegskasse" wurde in kleinen Schritten immer voller.

Ich spürte, dass meine Spielleidenschaft immer größer wurde.

Es war eine regelrechte Sucht jetzt jeden Abend am Spieltisch zu stehen, zu setzen, zu hoffen und dann auch noch zu gewinnen.

Aber ich merkte auch, dass ich nicht mehr mit einem klaren Verstand spielte, sondern mittlerweile nur um des Spieles Willen.

Dies war natürlich für ein Duell nicht gerade förderlich. Dabei hatte ich aber das Problem, das meine "Kriegskasse" nicht so üppig war, um mir auch einige riskante Spiele zu gönnen. Aber die braucht man auch, um seinen Gegenspieler zu verunsichern.

Dies konnte gut gehen - aber auch völlig in die Hose gehen. Da hat man schnell etwas gesetzt und schon ist der Einsatz auch wieder weg.

Mir juckte es aber zu dieser Zeit regelrecht in den Fingern nur zu spielen.

Egal was es war. Roulette, Poker und auch andere Glücksspiele, selbst Spiele an den Automaten machten mir wieder Spaß. Während eines Spieles bekam ich die Nachricht, dass meine Freunde den Termin zu dem Wettkampf festgezurrt hatten. Ein separater Raum war angemietet. Nur für uns, den Spielleiter und einige Offizielle, die die Regeln beachten sollten. Alle anderen mussten draußen bleiben, dafür hatte man gesorgt, dass jede Regung der beiden Spieler, die sie in den Spielen zeigten, in die große Halle über zahlreiche Bildschirme übertragen werden. So konnte jeder live dabei sein. In 8 Tagen sollte der Showdown beginnen. Um 20 Uhr.

Mindesteinsatz 750.000 Dollar.

Ich akzeptierte und der Termin wurde bestätigt. Jetzt überschlug ich meine Kriegskasse und konnte zufrieden sein.

780.000 Dollar lagen bereit für den Kampf.

20.000 Dollar überwies ich nach Monte Carlo, für die Zeit nach Las Vegas.

Denn eines war mir in der Zwischenzeit klar geworden, ein solches Leben wie bisher konnte auf Dauer nicht gut gehen. Denn eines gab es immer:

Nach dem Aufstieg kam auch der Abstieg!

Mal fiel er schwächer aus, aber meist war es ein Abstieg bis ganz nach unten.

Ich hatte ihn bei einigen Spielern hautnah erleben können. Zwar habe ich immer die Augen davor verschlossen und zu mir gesagt:

"Du bist vernünftig genug, um das zu vermeiden." Aber eine Garantie hast du nicht. Wenn das Spielen zu einer Sucht wird, dann ist dein Abstieg vorprogrammiert."

In den letzten Tagen habe ich gemerkt, dass ich auf dem Weg dahin bin.

Was sollte ich bloß tun?

Spielen war doch meine Passion. Früher habe ich aber nur aus Lust und Spaß gespielt.

Jetzt muss ich spielen, um mich wohl zu fühlen, um mich abzulenken von den anderen, mit ihrer Art, das Leben zu leben. Früher habe ich gespielt, um zu gewinnen. Heute nur noch, um Spaß zu haben. Gewinne oder Verluste spielten keine Rolle mehr. Ich musste wieder zurück, zu meiner früheren Sachlichkeit, zu meiner Überlegenheit, zu meiner Ruhe. Nur so hätte ich eine Chance, in diesem Duell überhaupt eine Chance zu haben. Natürlich spielt das Glück auch eine große Rolle.

Das Glück kann man nicht erzwingen, dass Glück kommt zu einem, der die Geduld hat, darauf zu warten.

Auch wenn es mir schwer fiel, hörte ich an an diesem Abend auf zu spielen.

Am anderen Morgen stand ich schon früh auf und lief mir die Zunge aus dem Leib heraus. Die nächsten Tage war ich nur noch unterwegs, um zu laufen oder mich in einem stillen Winkel niederzusetzen, um mich der Meditation hinzugeben. Mit der Zeit merkte ich, dass ich wieder fitter wurde und meine Gedanken klarer und ich den Kopf frei bekam.

Gute Vorsetzungen für den Kampf.

Der große Kampf der Giganten

Meine lieben Freunde hatten in der Zwischenzeit alles versucht, den Kampf in alle Welt hinaus zu tragen. Das Interesse war riesengroß.

Schnell wurden die Zeitungen darauf aufmerksam. Heerscharen von Reportern waren unterwegs, um ein Interview zu bekommen.

Für mich wurde es schon schwer, überhaupt vor die Türe zugehen.

Nur mit einer Verkleidung gelang es mir, meine täglichen Runden zu drehen. Die meiste Zeit verbrachte im Hotel auf meinem Zimmer. Selbst das wurde schon belagert. Die Spannung stieg mit jeder Stunde und die Gerüchteküche überschlug sich.

Auf der einen Seite ein altbekannter Profispieler, mit einer unheimlichen Spielstärke und auf der anderen Seite, ein Glückspilz, der mal hier und da gewonnen hat, aber sonst ein recht unbeschriebenes Blatt war.

Über meinen Gegner stand sehr viel in der Zeitung. Seine Erfolge, seine Spielstrategie, seine Ruhe, seine Selbstsicherheit.
Alles was ich aber auch schon selber wusste. Nur ich blieb weitgehend unbehelligt, da man davon ausging, dass dieses Spiel sehr schnell zu Ende gehen sollte.

Mir war es so recht.

Dann kam der große Tag.

154

Ich stand wie immer früh auf, machte meinen Lauf, ging noch einmal Schwimmen im See, ließ mir die Sonne auf dem Körper einwirken und überlegte mit welcher Taktik ich ins Spiel gehen wollte.

Ich legte mich darauf fest, dass ich ganz flexibel spielen sollte, mich nicht auf das Spiel meines Gegenüber einlassen durfte und mein Spiel machen sollte. Damit waren meine Gedanken über das Spiel abgeschlossen.

Gegen Nachmittag war ich wieder im Hotel zurück.
Zum Glück hatte ich mir ein anderes Zimmer geben lassen, denn mein altes Zimmer war total von Reportern belagert. So konnte ich mich ungestört auf mein Zimmer begeben, mich noch etwas hinlegen.

Gegen 18 Uhr nahm ich in aller Ruhe mein Abendessen ein, ohne belästigt zu werden. So konnte ich unbemerkt ein und aus gehen.

Bei meinem Gegenüber sah es ganz anders aus. Er war umringt von den Horden der Reporter. Er badete regelrecht in diesem Pulk. Fast könnte man meinen, er habe gerade gewonnen. Aber soweit war er ja noch nicht. Sie ließen ihn schon hochleben.

Es schlug 20 Uhr.

Eine riesige Menschenmasse folgte dem "Meister", den Reportern und seinen Anhängern. Der Klub füllte sich rasend schnell. Mein Gegner nahm siegessicher Platz an unserem Pokertisch.

Um den ganzen Trubel zu umgehen, ließ man mich über einen Hintereingang in den Klub. So konnte ich unbehelligt unseren Spielraum betreten. Mit einem breiten Lächeln ging ich auf meinem Gegenüber zu, begrüßte ihn sehr herzlich und wünschte uns allen ein faires Spiel. Anschließend begrüßte ich den Spielleiter und die Offiziellen, die diesem Spiel als Beobachter beigestellt waren, damit alles gerecht zuging.

Während mein Gegenüber seine finstere Spielmiene aufsetzte, lachte und herzte ich weiter. Machte meine Kommentare über das eine oder andere. Mein Gegenüber wurde schon missmutig, da ich nicht die rechte Demut vor ihm walten ließ.

Mich störte dies alles nicht!

Hauptsache ich konnte ihn verunsichern. Die ersten Spiele plätscherten so dahin. Nur kleine Einsätze wurde getätigt. Plötzlich ging mein Gegner total in die Offensive.

Hatte er so ein gutes Blatt auf der Hand?

Oder wollte er ein schnelles Ende für mich?

Ich ging erst einmal mit und erhöhte meinen Einsatz. Auf der gegenüber liegenden Seite setzte plötzlich eine Stille ein.

Was war da los?

Hatte ich ihn verblüfft?

Nur weil ich einfach mitgegangen war und dann auch noch erhöht hatte?

Ich konnte doch nicht so ein gutes Blatt haben, wie er jetzt gerade auf der Hand hatte.

Oder, vielleicht doch?

Oder spürte er schon den Druck von draußen, der ihn ja schon zum Gewinner gemacht hatte.

Was sollte er tun?

Weiter reizen oder doch lieber noch einmal zurückziehen?

Welches Spiel spielte ich wohl?

Das Spiel eines unbedarften Anfängers, der bisher ein-zweimal Glück hatte. Oder war er ein abgebrühter Zocker, den man nicht einschätzen konnte?

Warum lächelte er immerzu?

Wollte er mich in eine Falle locken?

Oder war das nur eine Masche von ihm?

So wie meine Mimik, meinem Gegenspieler finster entgegen zu blicken? Er überlegte und überlegte.
Währenddessen machte ich meine Späße. Meine Karten interessierten mich überhaupt nicht. Während er alle fünf Sekunden auf sein Blatt schaute. Glaubte er, dass die sich noch verändern konnten?

Ich wusste ja, was ich hatte.

Dann traf er seine Entscheidung. Er warf seine Karten in die Mitte. Das war für mich erstaunlich.

Hatte er Angst einen Fehler zu machen?

Gut, ich nahm mir den Pott und hatte zu ersten Mal mehr Chips als er hatte, vor mir liegen. Die nächsten Runden hielten sich die Waage.

Keiner riskierte etwas.

Als wenn beide auf eine bestimmte Kartenreihe wartete.

So zog sich das Spiel hin.

Ich machte das Spiel mit und wartete darauf, dass mein Gegner "sein Blatt" bekam. Es sollte noch zahlreiche weiterer Runden bedürfen, bevor wieder Bewegung in die Partie hinein kam.

Jetzt hatte er wieder ein solch gutes Blatt auf seiner Hand und das wollte er ausspielen. Aber gerade in diesem Moment bekam ich nur ein sehr schwaches Blatt auf meine Hand. Ich ging auf sein Spiel ein und wusste, dass ich dieses Spiel verloren hatte. Aber so konnte ich ihn etwas besser in Sicherheit wiegen und ihn zu weiteren, vielleicht auch riskanteren Partien verleiten.

Er freute sich über den Gewinn dieses Spieles, was er sich aber nur unterschwellig anmerken ließ.

Die nächsten Spiele wurden jetzt wirklich riskanter von seiner Seite aus. Er versuchte mich mit aller Macht in die Enge zu treiben und das Match zu beenden.

162

Aber jedes Mal konnte ich ihn kontern.

Mit jedem Spiel, das er nicht beenden konnte, wuchs seine Unsicherheit. Er konnte mich nicht mehr so richtig einschätzen. Da wollte ich ihn hin haben. Ich legte meine Fallstricke aus. Prompt sprang er darauf an. Diesmal hatte ich die besten Karten, die es gab. Ich trieb jetzt die Einsätze in die Höhe. Dann wurden die letzten Karten gezogen.

Gebannt schauten alle zu.

Mein Kartenblatt wurde noch so ergänzt, so dass ich sein sehr gutes Blatt mit zwei Assen und drei Zehnern noch eliminieren konnte, nämlich mit der zweithöchsten Kartenblatt, einem Straight Flush.

Er hatte nicht mehr viel zu setzten und hatte damit das Spiel verloren.

Fast wütend verlangte er eine Revanche, die aber nicht vereinbart war. Um ein weiteres Ausrasten zu vermeiden, gab ich ihm eine Revanche. Er stockte seine Kriegskasse wieder auf und das Match ging in die zweite Runde. Jetzt spielte er wie wild und auf Teufel komm raus. Die ersten Runden ließ ich ihn gewähren.

Die paar kleinen Gewinne ließen ihn wieder an den Größten glauben.

Jetzt kam das 7. Spiel. Wieder trieb er die Summe hoch.
Seine Anspannung war in seinem Gesicht deutlich zu sehen.

Obwohl er es versuchte, dies zu verbergen. Er konnte es nicht verheimlichen, dass er im höchsten Maße unter einem gewaltigen Druck stand.
Auf der einen Seite musste er seine „Fans" bei Laune halten, dann die, die auf ihn hohe Summen gesetzt haben und dann auch noch die Presse, die ja die Erwartungen nach oben gejubelt hatten.

Da lag schon ein enormer Druck auf ihm.

Ich hatte zwar gute Karten auf der Hand, aber irgendetwas ließ mich sagen, dass ich mir zwei neue Karten geben lassen sollte.

Das tat ich auch.

Ich bekam zwei neue Karten.

Damit war die Grundlage gelegt für ein Spiel, um dieses Match zu beenden. Während er den Einsatz immer höher steigerte, ging ich mit und legte immer nur etwas mehr noch hinzu. Damit reizte ich ihn noch mehr. Die Spannung in der Halle erreichte ihren Höhepunkt.

Jeder fieberte mit.

Man hätte eine Feder fallen hören können, so still war es!

Geht er mit der letzten Erhöhung noch mit?

Hatte er ein so gutes Blatt, dass er hier noch mitgehen kann?

Wer von den beiden reizte jetzt am besten und mit welchem Blatt?

Fragen über Fragen, die in der Halle auf` s heftigste diskutiert wurden.

Wenn er jetzt noch einmal mitgehen wollte, dann musste er alles setzten, was er noch hatte. Aber er kam noch nicht ganz hin. Er musste sich noch etwas von draußen leihen. Was er auch tat. Dann war ich an der Reihe. Ich setzte ebenfalls alles, um das Spiel nun endgültig zu beenden.

Die letzten Karten wurden gezogen. Mit jeder Karte wurde sein Gesicht finsterer. Auch über mein Gesicht huschte in diesem Moment kein Lächeln. Dabei hatte ich gerade eine der Topkarten erhalten.

Dann kamen die letzten Karte dran, die gezogen wurde.

Das war die letzte Topkarte die ich brauchte, um das Spiel zu gewinnen.
Auch er bekam eine Karte die er brauchte. Seine Miene wurde sehr finster. Also musste er ein Top-Blatt haben.

Ich lächelte ihn an!

Dann legte er seine Karten auf. Er hatte ein Straight Flush: Er legte die 5,6,7,8 und die 9 Pik auf.

Danach war ich dann dran:

Ganz langsam legte ich die Kartenkombination auf:

Die 6, die 7, die 8, die 9 und die 10 Karo auf.

Das war unfassbar!

Da haben beide einen Straight Flush, aber eine Karte war halt höher!

War das jetzt nun Können oder einfach Glück. Zum Schluss lagen über 2.225.000 Dollar auf dem Tisch!

Ich hatte dieses Spiel gewonnen.

Eigentlich war ich auf dem Höhepunkt meines Spielerlebens, aber etwas beunruhigte mich auch. Es konnte so schnell enden. Ohne mich eines Blickes zu würdigen ging mein Gegenüber aus dem Spielraum heraus. Der Weg aus der Halle wurde für ihn zu einem einsamen Weg, den er jetzt gehen musste.

Wenn er gewonnen hätte, wäre er jetzt der Größte, der Beste, der Tollste und weiß Gott nicht was alles. Aber jetzt war er der einsamste Mensch auf der Welt. Keiner nahm mehr Notiz von ihm.

Seine Zeit in Las Vegas hatte ein abruptes Ende gewonnen. Auf der einen Seite hatte ich viel Mitgefühl mit ihm. In diesem Moment war es für mich klar, dass ich hier jetzt für die anderen der Größte war, aber auch zugleich bekam ich Angst davor, dass ich immer alles gewinnen musste. Das konnte auf Dauer nicht gut gehen.

Mein Leben hätte ich nur noch am Tisch des Klub`s verbringen können. Ich hätte mich jedes Mal beweisen müssen, um zu zeigen, dass ich der Beste bin.

Das aber hätte mich unweigerlich in eine regelrechte Isolation geführt.

Wollte ich dies?

Schon jetzt war mein Leben ein Rennen nach den höchsten Gewinnen. Wo hört die Steigerung auf? Wie weit will man gehen? Mein Ziel war eigentlich, von den Gewinnen ein ruhiges, beschauliches Leben zu führen. Ab und zu mal wieder etwas zu spielen, um die "Lebenskasse" aufzufüllen. Aber dahinter sollte kein Druck sein, ich will aus Freude am Spiel spielen.

Aber nicht, um einer Industrie zu tollen Geschäften zu verhelfen.

Deshalb habe ich mich entschlossen, Las Vegas den Rücken zu kehren.

Ich hatte hier eine tolle Zeit verbracht, es war ein Leben auf der Überholspur.

Meinen Gewinn musste ich noch etwas aufteilen. Der Spielleiter und die Offiziellen hielten ihre Hände auf. Meine Freunde hatten die Kosten für das Spiel nur vorgestreckt, die ich jetzt mit meinem Gewinn abdecken musste. Damit war schon weit die Hälfte weg, ehe ich mich versah. Dann kamen noch die Kosten für das Hotel hinzu. Öffentlich wurde in den Gazetten gefragt, was ich mit dem vielen Geld jetzt machen würde. Ich wurde von meinen Freunden von einer Talkshow zu anderen gebracht.

172

Jeder wollte mich kennen lernen. Jeder wollte wissen, was ich mit dem vielen Geld jetzt machen würde.

Mir wurde dies langsam alles zu viel. In einer ruhigen Stunde kaufte ich mir eine Seepassage nach Europa. Zum Glück konnte ich dies geheim halten. Während ich weiter durch die Welt der Show geführt wurde und der Tag meiner Abreise bald bevor stand, antwortete ich auf die Frage, die man mir schon über hundert Mal gestellt worden war:

"Was ich denn mit meinen vielen Geld machen würde?"

"So wie es aussieht, werde ich mein Geld einer sozialen Einrichtung zur Verfügung stellen."

Mit dieser Aussage hatte ich alle überrascht!

Meine Freunde waren regelrecht schockiert!

Wie?

Wollte der nicht mehr spielen?

Warum wollte er seine Fähigkeiten nicht mehr für uns einsetzen?

Weshalb gibt er uns nicht das Geld?

Wir könnten damit doch besser etwas damit anfangen.

Was hat er vor?

Die Fragen jagten sich gegenseitig durch die Presse.

Für die nächsten zwei Tage ging ich auf Tauchstation, denn meine Abreise stand bevor.

Ich bezahlte die letzten Rechnungen und dann machte ich eine Überweisung von über 1.000.000 Dollar an eine soziale Einrichtung, die sich um die vielen Kinder kümmern sollte, die auf der Straße leben müssen. Sie sollten versorgt und geschult werden, um ihr Leben selbst in die Hände zu nehmen. Die Freude kannte hier keine Grenzen.

Der Tag der Abreise kam.

Ich nahm meinen Koffer und bestieg das Schiff, das mich wieder nach Europa bringen sollte.

Zum Glück blieb das unerkannt und ich konnte mit guten Gewissen mich auf meine Rückkehr nach Europa freuen.

Die Rückkehr

Während ich auf dem Schiff war, überschlugen sich in Las Vegas die Wellen. Jeder wollte wissen, wo ich denn jetzt sei, wo ich mich aufhalte. Keiner meiner Freunde wusste etwas. Mancher einer vermutete, dass ich wieder nach Europa zurückgekehrt sei. Aber es gab keine Anzeichen dafür. Oder war ich nur vor dem vielen Rummel ausgebrochen, habe mir ein Boot gechartert und kreuze jetzt auf der See umher, wie ich das schon einmal gemacht hatte.

Selbst das FBI wurde eingeschaltet. Auch hier kam man nicht sehr viel weiter. Sollte sich meine Spur irgendwo in den Weiten des Kontinentes verloren haben?

Die Suche ging weiter!

Was ich aber zu dieser Zeit noch nicht wusste, war, dass mein Ruf schon bis Europa gelangt war. Die Frage war nur jetzt, wann ich hier wieder auftauche. Schon dachten einige daran, ein neues Match zu veranstalten. Die ersten Ausscheidungsturniere wurden schon veranstaltet. Der Sieger sollte dann gegen mich antreten.

Sollte dies ein Fluch für mich werden?

Im Moment hoffte ich nur, dass ich auf dem Schiff unerkannt blieb. Zum Glück waren hier nur normale Menschen an Bord, die andere Sorgen hatten, als sich um einen Spieler zu kümmern.

So konnte ich recht unbeschwerte Tage auf dem Schiff verbringen. Ich genoss die Überfahrt, obwohl es auch manchmal etwas stürmisch wurde. Aber ich genoss dieses Wetter.

Dabei dachte ich auch an meine "Lucky", die ja noch im Hafen von Monte Carlo lag. Wie ist es ihr wohl ergangen, in der Zeit wo ich drüben in Amerika war. Immerhin war ich fast vier Jahre dort drüben geblieben. Ich freute mich schon wie ein kleines Kind, meine "Lucky" wieder zu sehen und dann wieder mit ihr in See stechen zu können. Gut, ich wusste sie in guten Händen. Aber das weiß man ja nie. An einem Donnerstag liefen wir in den Hafen von Marseille ein. Ich freute mich, wieder in Europa zu sein.

Zwei Tage verbrachte ich noch in Marseille, um zu sehen, ob meine Konten noch gefüllt waren. Zum Glück waren alle Buchungen ordnungsgemäß eingegangen. So konnte ich die nächsten Monate recht beruhigt angehen. Ich nahm dann den Zug nach Monte Carlo.

Je mehr ich mich Monte Carlo näherte, umso unruhiger wurde ich.

Was wird mich dort erwarten?

Gibt es noch die alten Freunde?

Oder sollte ich mich doch lieber auch hier endgültig verabschieden?

Aber wo sollte oder wollte ich hin?

Vielleicht in den hohen Norden?

Dort konnte ich mir gut vorstellen zu leben. Eigentlich brauchte ich für mich ja nicht viel. Die letzten Jahre haben mich doch sehr altern lassen. Ich war jetzt in den Vierzigern und hatte alles erreicht, was man erreichen konnte. Aber das Leben auf der Überholspur des Lebens hatte auch seine Schattenseiten.
Man hatte keine Ruhe mehr, die Jagd nach dem Reichtum wurde zu einer regelrechten Manie. Immer musste man alles zeigen, was man hatte. Die Spirale kannte nur einen einzigen Weg, den Weg nach oben, in die Spitze. Wer dort war, konnte nur noch abstürzen.

Das war Programm!

Während ich noch so darüber nachdachte fuhr der Zug in den Bahnhof ein. Zum Glück wurde ich nicht erwartet und konnte mich unerkannt zum Hafen aufmachen.

Auf dem Liegeplatz 555 lag meine „Lucky", die ich so lange vermisst hatte. Gut sah das Mädchen aus. Zwar etwas unsauber, aber auch ich hatte das Gefühl, dass sie sich freute, dass ich wieder auf ihren Planken herum lief. Ich schloss die Türen auf und nahm voller Andacht erst einmal Platz in der Kajüte.

Langsam schaute ich mich überall um. Alles war so, wie ich es damals vor vier Jahren verlassen hatte. Jetzt hatte meine „Lucky" mich wieder!

Neugierig wie ich war, wollte ich sehen, ob ich mein Mädchen auch noch starten konnte.

Nach ein, zwei Versuchen war mein Mädchen da. Ruhig, wie immer, lief der Motor. Bald fahren wir beide wieder heraus auf das Meer.

Versprochen!

Jetzt galt es erst einmal klar Schiff zu machen. Ich richtete mich gemütlich ein. Der Vorratsraum wurde wieder aufgefüllt. Nachdem meine „Lucky! sich wieder im alten Glanz sonnen konnte, war es auch für mich Zeit mir mein Abendessen zuzubereiten.
In der Abendsonne auf dem Deck aß ich mein Essen. Es schmeckte mir sogar. Es war wieder ein herrliches Gefühl in der Abendsonne auf meiner „Lucky" zu sitzen und zu träumen, dass wir beide bald wieder auf großer Fahrt wären.

Leider wurde dieser Traum jäh zerstört. Zwei alte Bekannte hatten mich auf meiner „Lucky" entdeckt. Und damit begann ein Kapitel, welches ich am liebsten lieber schnell vergessen hätte.

Der Fluch

Aber noch einmal sollte ich in die Fänge meiner Freunde gelangen.

Alle witterten das große Geschäft mit mir. Keine zwei Tage später, standen sie alle auf der Matte und wollten wissen, wann ich wieder ins Casino komme, dort würden schon alle warten, auf den großen Meister. Ich winkte erst einmal ab. Ich bin doch gerade erst angekommen und muss mich noch neu einrichten. Habt noch etwas Geduld.

Aber sie hatten keine Geduld, denn ihr Champion saß schon in den Startlöchern, um mit mir ins Duell zu gehen. Ich wiegelte ab und bat um einige Tage oder Wochen Zeit.

Na, Wochen wollte man mir nicht zugestehen. Gut, ein paar Tage schon. Sie ließen nicht locker. Keine drei Tage später standen sie wieder an meinem Boot.

Wie würde es jetzt aussehen?

Wann sollte das Duell stattfinden?

Alle würden voller Erwartung sein. Um meine Ruhe zu haben, sagte ich zu. Es wurden die Bedingungen des Spiels festgelegt und die Summe des Einsatzes.
Gott sei dank, sie zogen dann ab. Am nächsten Morgen stach ich mit meiner Lucky" in See. Endlich hatte ich meine Ruhe und war mit meiner „Lucky" allein. Es war herrlich, wie sie durch die Wellen glitt.

Ich glaube, auch sie war froh, wieder in ihrem Element zu sein. Drei lange Tage blieben wir draußen. Wir genossen den Wind, die Wellen, die Sonne und uns.

Hierbei hatte ich auch Zeit über meine weitere Zukunft nachzudenken. Am dritten Tag wurde es für uns Zeit, wieder in den Hafen heimzukehren. Ich wäre noch so gerne weiter draußen geblieben.

Am Abend ging ich in das Casino.

Hier wollte ich mir die Spielmöglichkeiten für das Duell anschauen.

Als ich in das Casino eintrat, kam mir eine Welle der Begeisterung entgehen.

Man freute sich auf meinen Besuch.

Alle fieberten dem Duell am morgigen Abend entgegen.

Soviel Aufmerksamkeit war mir unangenehm. Also schaute ich, dass ich wieder schnell auf meine „Lucky" kam. Aber das war an diesem Abend nicht so einfach.
Denn jeder wollte mir mir spielen. Ich wurde fast gezwungen zu spielen. Ich wollte nicht. Daher ging ich nur an den Roulettetisch und spielte einige Runden.

Eher lustlos machte ich meine Einsätze. Im siebten Spiel kam meine Zahl und ich räumte einen großen Betrag ab.

Gut, dachte ich noch bei mir, dass erhöht meine Chancen für morgen, da ich nicht an meine Reserve zu gehen brauchte.

Ich verabschiedete mich mit dem Hinweis auf morgen Abends und machte mich auf dem Weg zu meiner „Lucky".

Am anderen Morgen bereitete ich alles vor. Meine „Lucky" wurde voll getankt. Der Proviant ergänzt und aufgefüllt. Die „Lucky" war startklar.

Nach meinem Abendessen machte ich mich gegen 20 Uhr auf den Weg ins Casino. Am Eingang wurde ich von einer erwartungsfrohen Menge begrüßt. Nur mit Mühe konnte ich meinen Platz am Spieltisch einnehmen. Dicht gedrängt standen sie vor dem Spieltisch.

Nur mit Mühe ließen sie sich hinter der Absperrung zurück drängen. Denn jeder wollte hautnah das Spiel erleben. Erst mit einer Verspätung von einer dreiviertel Stunde konnte das Spiel beginnen. Ich setzte, im Gegensatz zu meinem Gegenüber, wieder mein Lächeln auf.

Die ersten Spiele waren zum Kennenlernen meines Gegners. Dann stieg mein Gegenüber plötzlich voll in das Spiel ein. Sollte er eine so gute Karte haben? Ich ließ keinen Zweifel, dass ich mitgehen würde. Dies ließ ihn etwas verunsichern.

Wollte ich ihn linken?

Für ihn war es schwer, etwas aus meinem Gesicht zu lesen.

Mein Lächeln sagte ihm nichts.

Was sollte er nur tun?

Das Spiel mit vollem Risiko zu Ende spielen, was vielleicht dazu führen konnte, dass er sich schnell auf der Verliererstraße befinden könnte.

Oder doch lieber hier abstoppen und ihn den Pott zu überlassen?

Aber dann würde er eine Menge an Chips verlieren. Ich konnte merken, wie seine Gedanken regelrecht durch ihn jagten. Helfen konnte ihn hier keiner. Er war ganz allein auf sich gestellt.

Da war guter Rat teuer.

„Was geht da in einem Spieler vor, Klaus?

Nun Fritz, in jenen Momenten bis du der einsamste Mensch auf der Erde. Du musst eine Entscheidung treffen, dabei weiß du nicht einmal, was dein Gegenüber für ein Blatt hat, ob ein gutes oder schlechtes Blatt, ob er dies sehr gut überspielen kann, oder ob er dich nur auf eine falsche Spur oder zu einer falschen Entscheidung führen will.

Aber wie das so ist, brauchst du in jeden Spiel, im entscheidenden Moment das Glück, in Form der richtigen Karte oder Zahl. Sonst bis du aufgeschmissen.

Aber zurück zu meinen Ausführungen, zu diesem Spiel.

Sein Gesicht verfinsterte sich zusehend. Während er über den nächsten Schritt noch überlegte, stand ich auf und unterhielt mich mit einem Gast. Nach gut fünfzehn Minuten hatte er sich zu einer Entscheidung durchgerungen. Er brach sein Spiel ab und überließ mir den Pott.

Danach folgten zahlreiche Spiele die nichts einbrachten. Für keine der beiden Parteien. Dann versuchte er in einem Spiel wieder zu agieren. Schnell puschte er der Summe nach oben.

Ich ging mit und jetzt musste er sein Spiel durchziehen, wollte er nicht sein Gesicht verlieren. Je höher die Summe wurde, desto mehr Schweißperlen standen auf seiner Stirn.

Dann wurden die Karten aufgelegt. Mit welchen Blatt wollte er hier bestehen?

Er hatte 4 Damen und die 7. Also einen Vierling! Kein schlechtes Blatt.

Aber gegen einen Straight Flush, bestehend aus einer 6,7,8,9 und einer 10 Herz, hatte er keine Chance.

Das nächste Spiel deutete schon auf das Ende hin.

Viel hatte er nicht mehr zu bieten.

So war es dann auch.

Das letzte Spiel beginnt.

Wenn er noch eine Chance haben wollte, dann hatte er nur noch zwei Möglichkeiten, entweder ein Top-Blatt oder er musste sehr gut zocken und auf volles Risiko gehen.

Nachdem die beiden ersten Karten ausgegeben waren, bemerkte ich, dass er keine so guten Karten bekommen hatte. Bei mir ergaben sich die Optionen auf einen Flush oder einen Straight.

Die nächsten beiden Karten waren dann fast entscheidend.

Die beiden Karten die er bekam, zeigten kaum eine Regung bei ihm. Also konnte er sie gebrauchen. Meine beiden Karten waren ebenfalls nicht schlecht.

Damit standen meine Chancen auf einen Flush sehr gut.

Ich bemerkte wie er angestrengt nachdachte, was er tun sollte. Sollte er seinen Einsatz verdoppeln oder doch lieber „all in" gehen? Denn er wusste ja, dass ich mitgehen kann und dies ja auch tun würde.

Es käme auf die letzte Karte halt an!

Ich blieb ganz ruhig sitzen und schaute immer wieder auf meine Karten und tat so, als würde ich nachdenken, was ich als nächstes tun würde.

Dies machte ihn immer nervöser, immer wieder kratzte er sich hinter dem Ohr, als wenn sich dort die Lösung finden würde.

196

Aber bei allen Überlegungen die er anstellte, eine große Auswahl hatte er nicht. Eigentlich hatte er nur zwei Möglichkeiten:

Eine sehr gutes Kartenblatt oder er pokert so hoch, dass ich vorsichtshalber vorher aussteige. Aber bei dem was auf meiner Seite lag, wäre dies eigentlich sehr dumm. Also blieb letztendlich nur noch die Möglichkeit eines Royal Flush oder ein Full House, den man aber mit einem Straight Flush oder mit einem Vierling, einem Four of a kind eliminieren konnte.

Da war guter Rat teuer!

Sollte er jetzt alles riskieren?

Er stand ja schon mit dem Rücken an der Wand.

197

Er musste sich jetzt für etwas entscheiden. Aber für war was?

Er ging „all in"! Also er setzte alles! Ich ging mit!

Dann kam die letzte Karte!

Damit hatte er zwei Paare bekommen, und zwar König Pik und Karo, sowie zwei Buben Herz und Pik und eine 6 Herz.

Dann kam meine letzte Karte, Pik zwei! Eigentlich eine eher unbedeutende Karte, wenn man nicht auch die Pik 3,4,5 und sechs gehabt hätte, was einen Straight Flush ergibt.

Damit hatte ich das Spiel entschieden!

Bei allen konnte man die Enttäuschung spüren über das schnelle Ende ihres Champions. Ich hatte das Gefühl, dass mir schon die ersten Hassgefühle entgegen schlugen. Dabei habe ich doch nur ein Spiel gewonnen. Die Summe war noch nicht einmal hoch. Gerade mal 150.000 €. Bevor die Stimmung komplett umschlug, bezahlte ich meine Auslagen und die restliche Summe von knapp 100.000 € wanderte auf ein separates Konto, über dessen Zweck ich noch Bescheid geben wollte.

Aber noch auf dem Weg zu meiner Lucky wurde ich von meinen scheinbar guten Freunden bedrängt. Ich könnte doch nicht so einfach aufhören.

Sie einfach so im Stich zu lassen.

Ich sollte doch wenigstens eine Revanche zulassen.

Außerdem hätten sie auch eine Menge Unkosten gehabt, die sie noch nicht herein bekommen hätten. Also wäre es gemein von mir, sich jetzt so einfach zu verdrücken.

"Mein Gott", sagte ich, "lass mich doch mal einfach mal zur Ruhe kommen.
Ich hatte jetzt ein anstrengendes Match gehabt und möchte nur eins, mich ausruhen. Lass uns das morgen Früh besprechen."

"Okay?"

Jetzt hatte ich zwar eine Nacht gewonnen, aber was sollte ich tun?

Ich ging erst einmal auf meine „Lucky" und wollte mich gerade hinlegen, als ich eine böse Leckage entdeckte.

Sollte meine „Lucky" nicht mehr tauglich sein für die See? Die ganze Nacht machte ich kein Auge zu. Die Leckage wurde immer größer. Ich setzte eine Pumpe ein, um das eindringende Wasser wieder aus dem Schiff zu bekommen. Die Sonne war kaum aufgegangen, da stand ich schon vor den Toren einer Werft. Ich sprach mit dem Inhaber und er versprach mir, sie sofort in Trockendock zu stellen und sich den Schaden anzuschauen. Ich sollte meine „Lucky" sofort zu ihm bringen.

201

Nach einer Stunde hatte ich mein „Mädchen" in die Werft gebracht und gemeinsam schauten wir uns den Schaden an. Nachdem wir das gesamte Schiff untersucht hatten, wurden die Mängel festgehalten und ein Preis vereinbart.

Ich gab ihm vierzehn Tage Zeit, dann sollte das Schiff wieder seetüchtig sein. Kaum war ich wieder am Anlegesteg zurück, standen auch schon meine „guten Freunde" und überfielen mich mit ihren Vorwürfen. "

Hört doch einmal mal auf mit euren Vorwürfen."

"Okay, ich habe es mir überlegt, ich gebe euren Favoriten noch einmal eine Chance."

"Sagen wir in vierzehn Tagen, dann bin ich soweit und wir können noch einmal zu einem Match starten."

"Ihr braucht doch sicherlich auch ein paar Tage, um alle Vorbereitungen zu planen und abzuwickeln."

"Hier sind noch ein paar Bedingungen, die ich eben auf der Fahrt nach hier noch aufgesetzt habe."

"Die solltet ihr schon erfüllen."

"Und jetzt muss ich mich noch um ein paar andere Sachen kümmern."

"Hör mal, wo ist denn dein Boot?"

"Das steht in einer Werft und muss sehr aufwendig überholt werden."

"Dies wird noch eine ganze Weile dauern, bis ich mein Boot wieder habe."

Meine Freunde gingen nach dieser Nachricht freudig in den Klub und begannen gleich schon mit den ersten Vorbereitungen. Ich hatte jetzt meine Ruhe, lieh mir ein Boot aus und fuhr hinaus auf die See. Hier genoss ich die Stille, die Weite des Meeres. Die frische Luft und die Sonne am Himmel. Im Stillen dachte ich so bei mir:

Was brauchst du eigentlich mehr?
Ist dies nicht ein Geschenk genug, dass du das gesund erleben darfst?

Wer hat schon ein solches Glück?

Wo nach jagen wir eigentlich?

Was treibt uns an, immer das Unerreichbare zu erlangen?

Warum müssen wir immer besser, immer höher und immer weiter sein, als andere?

Ich habe bisher keine Antworten darauf gefunden. Aber schaue ich über die Weiten des Meeres, dann habe ich unweigerlich das Gefühl, dass wir nur ein Mikrokosmos sind, gegenüber der Natur und ihrer schier unendlichen Größe. Schaue ich nach oben, in den Sternenhimmel, dann sind die Naturgewalten noch gewaltiger als wir es ermessen können.

Haben wir es verlernt, mit weniger zufrieden zu sein?

Das Leben auch mal zu genießen?

In diesen Tagen auf See wurde mir klar, dass auch ich mein Leben ändern sollte.

Aber wo sollte ich dies tun?

Hier im Süden?

Kann ich mich den Kreisen hier überhaupt entziehen?

Habe ich hier die Freiheit, die ich gerne haben möchte?

Oder muss ich hier meinen Ruf immer
wieder verteidigen, damit andere ihre krummen Geschäfte machen können?

Es ist ja leichter auf Kosten von anderen zu Leben. Man braucht nicht viel dafür tun. Verbindungen reichen da oft schon aus. Aber was geschieht, wenn du keinen Erfolg mehr hast?
Dann fällst du wie eine heiße Kartoffel zu Boden und keiner hebt dich wieder auf. Achtlos wird man über dich hinweg gehen. Keine guten Aussichten.

In den nächsten Tagen, wo ich auf See blieb, schaute ich mir die verschiedenen Regionen auf den Karten an, die ich mit hatte. Aber das Richtige war noch nicht dabei.

Dann schaute ich mir weitere Regionen im mitgeführten Atlas an, den ich glücklicherweise mit dabei hatte.

Tage später hatte ich etwas gefunden, das meinen Wünschen doch recht nahe kam. Über das Internet versuchte ich an weitere Informationen zu kommen. Je mehr ich mich mit dieser Region beschäftigte, umso mehr gefiel sie mir. Hier hätte ich Chance nach meinem Wunsche zu leben.

Während ich mein Schiff so durch die Wellen schickte, malte ich mir mein weiteres Leben aus. Ich hatte es schon richtig plastisch vor mir. Während ich gerade mir meinen Tagesablauf vorstellte, riss mich mein Handy aus meinen Träumen.

Meine lieben Freunde waren dran. Sie wollten wissen, wann ich wieder im Hafen einfahre. Ich müsste mich ja auch vorbereiten.

In fünf Tagen steigt ja das große Event. Die Wetten würden schon laufen. Zurzeit steht es noch für euch beide gleich. Mein Gegner würde zahlreiche Spiele gewinnen, wenn nicht fast jedes Spiel. Dies wäre natürlich schlecht für die Wetten, da sie alle ja auf mich gesetzt hätten. Da wäre es schön, wenn ich mich zeigen und auch spielen würde. Ich sagte zu ihnen:

"Ich komme erst am Tage des Spieles zurück."

"Solange müsst ihr euch noch gedulden."

"Auch ich übe jeden Tag, aber das Glück lässt sich nicht erzwingen."

Also lasst ihn spielen ohne Ende, auch wenn er jetzt fast jedes Spiel gewinnt und seine Quote steigt.

Entscheidend ist der Abend, an dem das Spiel stattfindet. Da zählt das Glück, was man gepachtet hat. Mehr nicht! Also, könnt ihr mir meine Ruhe lassen, damit ich mich auf das Spiel mental vorbereiten kann, ich werde pünktlich da sein und ein letztes Mal spielen!

Die letzten Worte sagte ich etwas leise, in der Hoffnung, dass sie im Meeresrauschen untergingen.

Als Antwort bekam ich folgendes zu hören:

"Denk bitte daran, dass du auch pünktlich da bist, denn wir alle haben unsere Hoffnungen auf dich gesetzt.

Die Einsätze sind hoch.

Wir würden sehr viel Geld verlieren. Also, denk daran, wir setzen auf dich." "Ich werde da sein, so Gott will!"

Die letzten Tage genoss ich auf der See. Das Wetter war herrlich und ich war mit mir im Reinen. Noch einmal brauchte ich etwas Glück, um zu zeigen, wer denn nun der beste Spieler ist.

Das letzte Spiel

Am Abend vor dem großen Event legte ich noch einmal in Cannes an. Hier ging ich ausgiebig essen und machte noch einen kurzen Abstecher in das dortige Casino. Es war viel los. Ich spielte mal hier und dort und konnte meinen Einsatz leicht und locker verdoppeln.
Ich hatte noch Glück und ließ es auch dabei. Ich wollte mein Glück nicht heraus fordern. Denn morgen würde ich dieses Glück benötigen. Nach einer ruhigen Nacht auf meinem Boot, machte ich mich am frühen Morgen auf nach Monte Carlo.

Die See war ruhig und wir kamen schnell voran.

Gegen neun Uhr fuhr ich bei der Werft an, wo meine „Lucky" stand beziehungsweise lag. Der Werft-Leiter hatte sein Wort gehalten und meine Lucky komplett überholt. Sie strahlte im neuen Glanz. Toll sah sie jetzt aus. Sie lag auch schon bereit zur Abfahrt im Wasser. Ich sagte dem Werft-Leiter dass ich sie morgen früh wieder übernehmen werde.

"Sie ist ja fertig, bekam ich als Antwort.

Dann also bis morgen früh!" Dann fuhr ich weiter zu meinem Bootsverleiher und übergab ihm sein Boot.
Ich bezahlte gleich meinen Obolus und auch die Rechnung für „Lucky".

Kaum hatte ich den Hafen betreten, wurde ich auch schon überfallen, von meinen Freunden. Meine so genannten Freunde.

Jeder wollte wissen, wie ich meine Chancen beurteilte. Nun, dass kann man nie vorher sagen, ich würde daher meine Chancen mit 50: 50 betrachten. Es müssen ja auch die richtigen Karten fallen.

"Das klingt ja nicht sehr siegessicher", entgegnete einer."

Dein Gegner gewinnt ein Spiel nach dem anderen. Der hat vielleicht einen Lauf. Und du? Wartet doch den heutigen Abend ab, dann werden wir wissen, wer mehr Glück hat, er oder ich!

So, und jetzt will ich noch ein paar Kleinigkeiten regeln und dann wird es Zeit für ein kleines Nickerchen.

„Du willst noch ein kleines Nickerchen machen?"

„Ja, dass mache ich immer!"

„Also dann bis nachher. Wir sehen uns dann im Casino."

Ich machte mich dann auf dem Weg, um das eine oder andere noch abzuwickeln. Natürlich ging auch ich ins Wettbüro. Ich ließ mir von dem Inhaber, den ich sehr gut kannte, die Quoten für unser Match zeigen.

Sie standen für mich recht schlecht. Nur 15 zu 85!

Dabei war erstaunlich, dass meine lieben Freunde mehr auf meinen Gegner gesetzt hatten, als auf mich.

Hatten die vielleicht Angst, ich könnte das Spiel nicht ernst nehmen und hätte nun keine Chance, gegen meinen Gegner, der gerade eine sagenhafte Glückssträhne hatte.

In der Zwischenzeit wo wir zusammen sprachen, änderte sich die Quote weiter rasant.

Diesmal auf 10 zu 90. Zu diesem Zeitpunkt war ich von meinen so genannten Freunden doch sehr enttäuscht. Also setzte ich eine hohe Summe auf mich, damit die Quote etwas besser wurde.

Danach ging ich in ein Cafè am Hafen, bestellte mir einen Kaffee und dachte darüber nach, wohin mein Weg führen sollte.

Eines war mir schon klar geworden, hier im Süden wollte ich nicht mehr bleiben.

Dann klingelte das Handy. Mein Freund Fritz war dran. Wir sprachen eine ganze lange Zeit miteinander.

Mein alter Freund erzählte mir, dass er jetzt auch in der Nähe der Küste im Norden von Deutschland wohne.
Wir vereinbarten, dass wir uns dort treffen werden. So in drei bis vier Tagen. Ich freute mich schon auf das Treffen mit ihm. Wir hatten uns ja eine lange Zeit nicht mehr gesehen. Bei ihm hatte sich ja auch einiges geändert.

Da ich noch etwas Zeit hatte, surfte ich durch das Internet.

Dabei stieß ich auf eine interessante Information. Ich nahm Kontakt auf und vereinbarte einen Termin für in zwei Wochen. Jetzt wurde es aber Zeit für mein geliebtes Nickerchen vor einem Match. Ich war nicht einmal aufgeregt. Eher ganz gelassen.

Lag es an den beiden Gespräche, die ich geführt hatte?

Zum einen, dass ich einen lieben, alten Freund wiedertreffen werde und zum anderen, dass ich vielleicht eine neue Zukunft in Aussicht habe?

Ich schlief tief und fest. Gegen 18 Uhr klingelte der Wecker und machte ich mich fertig, nahm wie immer vor einem Spiel, mein Abendessen ein.

Diesmal ließ ich mir richtig Zeit. Im vorbereitenden Saal, wo unser Match stattfinden sollte, unter besonderen Vorbedingungen, stieg die Spannung schon ins Uferlose.

Alle waren gespannt. Man konnte die Spannung regelrecht spüren, ja fast greifen. Die Minuten, ja Sekunden bevor es losgehen konnten, kamen einem schon, wie eine kleine Ewigkeit vor.

Mein Gegner, der Tage zuvor noch ein riesengroßes Selbstvertrauen an den Tag legte, wurde mit der Zeit immer unruhiger. Ständig ging er auf und ab. Schaute sich ständig um.

Jeder kloppte ihm auf die Schulter und wünschte ihm Glück. Jetzt merkte er, dass viele auf ihn gesetzt hatten und nun natürlich einen Sieg erwarteten.

Möglichst einen grandiosen Sieg.

Schließlich hatte er gegen viele von ihnen gewonnen. Ich wurde zum Glück nicht als Favorit eingestuft. Viele waren sogar der Meinung, dass ich auf dem absteigenden Ast wäre. Ich würde nicht mehr für das Spiel leben. Dabei waren meine Gewinnsummen doch wirklich super.

Aber was zählt dies heute schon, in unserer schnelllebigen Zeit?

Der Zeiger der Uhr stand jetzt auf 19.30 Uhr. Die Spannung unter den Zuschauern wuchs. Man fieberte dem Countdown entgegen.

Wo war eigentlich der zweite Spieler? Gerüchte machen schon den Umlauf. Der hat die Hosen voll und ist abgehauen. Der hat vor lauter Angst das Weite gesucht. Der ist beim Arzt und lässt sich behandeln.

Dabei saß ich in aller Ruhe bei meinem Abendessen. Es war ja noch Zeit genug, um in aller Ruhe zu Ende zu essen.

Zehn Minuten vor 20 Uhr, die Spannung kochte langsam über. Mein Gegner hatte schon Platz genommen und spielte unruhig mit den Karten in seinen Fingern.

Die ersten Schweißperlen bildeten sich auf seiner Stirn.

Neun Minuten vor 20 Uhr, dann kam mein Auftritt.

Ganz langsam ging ich durch die Türe des Klub´s.

Acht Minuten vor 20 Uhr:

Obwohl die Räumlichkeiten fast schon total überfüllt waren, machte man mir eine Gasse. Den ein oder anderen begrüßte ich mit Handschlag und machte noch eine kleine Bemerkung über seine Untreue, nicht auf meine Person gesetzt zu haben, auch wenn die Quote nicht so gut wäre. Dann betrat ich den abgeteilten Bereich und begrüßte die Mitarbeiter, die am Tisch ihren Dienst machten, ebenso die Offiziellen.

Dann wandte ich mich meinem Gegner zu. Ich begrüßte in ganz besonders herzlich und lächelte ihn an.

Viel wusste ich nicht von ihm, aber das war mir gleich.

Ich hatte mir vorgenommen, äußerst flexibel zu spielen.

Es ist 20.00 Uhr.

Pünktlich begann das Spiel. Alle schauten gebannt auf dem Spieltisch oder auf einen der vielen Monitore, die man aufgestellt hatte. Jeder hatte die Summe von 500.000 Euro in Chips vor sich liegen. Wer nichts mehr hatte, der hatte das Spiel verloren.

In den ersten Spielen versuchte ich verschiedene Spielarten zu spielen, um zu sehen, was er drauf hatte.

Sehr schnell hatte ich festgestellt, dass er immer versuchte, auf ein bestimmtes Spielmuster zu kommen. Sein Spiel war recht einfach gestrickt. Da ich jetzt recht flexibel spielte, konnte er sich nur sehr schwer auf mein Spiel einstellen.

Er konnte nicht agieren, sondern nur reagieren. Die ersten Spiele konnte ich samt und sonders für mich entscheiden.
Damit brachte ich ihn dazu, seine ersten Reaktionen zu zeigen. Er wurde immer unruhiger. Schweißperlen standen auf seiner Stirn.

Während ich immerzu nur lächelte. Nach einer Stunde stand der erste größere Pott zur Entscheidung an.

Zu meiner Überraschung und aller Anwesenden stieg er aus und überließ mir den Pott. Als er meine Karten saß, schlug er sich die Hände vor`s Gesicht und konnte seine Dummheit nicht fassen.

Wieso ließ er sich so von mir ins Bockhorn jagen?

Da habe ich mit einem schwachen Blatt gezockt und er ist mir auf den Leim gegangen. Das sollte ihm nicht noch einmal passieren.

Auch den zweiten größeren Pott verlor er. Wieder das gleiche Spiel. Warum weiß ich nicht, was der spielt? In seinem Gesicht kann man nichts erkennen. Keinem Regung. Nur sein dämliches Lachen.

Je später der Abend wurde hatte er immer weniger Chips vor sich liegen, obwohl ich ihm das ein oder andere Spiel schenkte. Jetzt musste er alles riskieren. Immer wieder zog er sich aus der Affäre und der Pott wuchs und wuchs. Im Saal wurde es schon ruhiger. Bisher sah er nicht wie der sichere Sieger aus. Aber jetzt musste dies doch gelingen. Er bekam auch zwei gute Karten. Ein Pärchen – zwei Asse, Pik und Kreuz.

Dies war sehr gut, zumal die Asse in den letzten fünf Spielen immer gezogen worden sind. Das war fast eine sichere Bank.

Dann kamen die beiden nächsten Karten, diesmal bekam er zwei Zehner, Pik und Kreuz.

Jetzt brauchte er nur noch ein Ass, ja dann hätte er ein Full House!

Aber er wusste auch das ein Full House nicht das ultimative Blatt war, denn es gab noch drei Blätter die besser waren, wobei ein Royal Flush kaum noch drin war, da er ja schon zwei Zehner hatte und zwei von den Assen! Und ein Vierling kommt auch nicht alle Tage vor. Also hatte er hier ein sehr, sehr gutes Blatt auf der Hand. Jetzt galt es nur noch den Pott nach oben zu jagen!

Die Frage war nur noch, geht er mit oder nicht! Da die Anzahl an Chips ungefähr gleich waren und er bisher noch nicht einmal ansatzweise so gute Karten hatte, müsste ihn doch jetzt der große Coup gelingen.

Er setzte alles!

Die Mienen im Publikum wurden blass. Ich hatte ja genug an Chips und hielt dagegen. Mein Kartenblatt war zwar nicht so gut, aber hätte besser werden können, wenn die richtigen Karten fallen.

Dann wurden die zwei Karten für mich gezogen. Die ersten beiden Karten waren die 4 und 5 von Karo. Im zweiten Kartenpack bekam ich die 7 und 8 von Karo. Das sah zwar von den Kartenwerten her nicht so gut aus, aber....?

Jetzt kam es auf die letzte Karte an:

Um das Full House zu erlangen brauchte er noch ein Ass. Und er hatte Glück! Er bekam sein Ass und damit sein Full House!

Über sein Gesicht huschte ein Lächeln, als wollte er sagen:

Das war es wohl!

Überglücklich schien von ihm eine zentnerschwere Last abzufallen.

Er sah sich schon als sicherer Sieger! So auch auch viele im Saal. Einige jubelten schon.

Aber noch fehlte dir eine letzte Karte für mich!

Sie kam!

Ganz langsam, mit den Hand verdeckend, zog ich eine Ecke der Karte leicht hoch! Ein breites Lächeln huschte über mein Gesicht!

Im Publikum hielt man den Atem an. Es wurde unruhig im Saal.

In seinem Gesicht konnte man regelrecht ablesen, dass er ein sehr gutes Blatt hatte.

Ganz langsam, um die Spannung zu erhöhen, legte er seine Karten auf:

Zuerst legte er die Zehner auf, dann, ja fast schon genüsslich, seine drei Asse und sagte mit lauter Stimme:

„Full House"

„Das war es dann!"

„Oder?"

Im Saal brach ein frenetischer Jubel aus.

Aber das Spiel war ja noch nicht zu Ende!

Ich hatte meine Karten noch nicht aufgelegt.

Ganz langsam deckte ich meine Karten einzeln auf.

Zuerst fing ich mit der Karo 4 an. Danach folgte die Karo 5. Ein Gelächter folgte auf dem Fuß.
Aber das Lachen stoppte abrupt, als ich die nächsten beiden Karten auflegte, nämlich die Karo 7 und Karo 8. Die letzte Karte behielt ich noch bei mir!

Eine starke Unruhe ergriff den Saal. Einige Zuschauer murmelten untereinander.

Sollte er...?

Ganz langsam legte ich die letzte Karte auf. Es war die 6 Karo! Damit hatte ich einen Straight Flush erzielt!

Fassungslos starrte mein Gegner auf meine Karten. Da hatte er mal ein super Blatt und dann kommt einer mit relativ geringen Zahlenwerten und gewinnt!

Tief enttäuscht verließ mein Gegner, ohne mir zu gratulieren, den Saal. Auch meine Freunde verließen wütend den Saal. Sie hatten viel verloren. Nach Abzug aller Kosten, blieben mir 250.000 Euro übrig.

Mit den 100.000 Euro vom letzten Spiel hatte ich nun 350.000 € übrig.

Ich hatte ja damals versprochen, dass ich die 100.000 Euro für einen sozialen Zweck stiften wollte. Ich erhöhte die Summe auf 150.000 Euro und spendete die Summe drei Waisenhäuser in dieser Region. Das restliche Geld ging auf mein Konto.

Unter etwas Beifall verließ ich den Klub und ging zum Hafen.

Keiner folgte mir!

Aber in den Kneipen auf dem Weg zum Hafen wurde lautstark über meinen Sieg diskutiert und manch einer lamentierte, dass er soviel Geld verloren hätte. Eine Revanche wäre doch das mindeste, was er einem geben müsste. So und ähnlich lauteten die Stimmen.

Aber mich ließen diese Stimmen kalt.

Jetzt musste ich an mich denken!

Auf dem Weg zum Hafen holte ich noch meinen Wetteinsatz plus Gewinn ab.

Dann war ich auf endlich auf meinem Schiff.

Endlich…

Für mich gab es daher aber nur noch eins: "Mit meiner "Lucky" in See zu stechen." Bevor man mir folgen konnte, war ich schon auf meiner Lucky, machte die Leinen los und stach in See. In drei Tagen hatte ich ja ein Treffen mit meinem Freund Fritz in Dangast, am Jadebusen. Das war noch eine ganz schöne Strecke die ich zu fahren hatte. Nur noch eine Frage stand in dem Raum:

Hält meine Lucky dies aus? Sie war zwar wieder neu instand gesetzt worden, aber sie war doch schon ein altes Mädchen. Die Fahrt ließ sich gut an und wir kamen recht schnell auf Touren. Ich war guter Dinge.

Der Motor schnurrte wie ein Kätzchen und wir kamen sehr gut voran. Zuerst ging es, um mir den Weg um Spanien zu sparen, über einen Kanal in Richtung Toulouse von dort aus weiter über die Garonne nach Bordeaux. Dann ging es an der französischen Küste entlang. Vorbei an Brest, Cherbourg, Le Havre und Calais. Hier war der Seegang schon etwas wilder. Aber meine „Lucky" fuhr unbeeindruckt weiter.

Es folgte die belgischen Küste, dann ging es weiter an der holländischen Küste vorbei. Bald schon danach tauchten die Westfriesischen Inseln auf. Auch die ließen wir im Eilflug hinter uns.

Am dritten Tag hatten wir schon die Ostfriesischen Inseln schon im Blick.

Es ging an Norderney, Baltrum, Langeoog, Spiekeroog und Wangerooge vorbei. Wir bogen ab in den Jadebusen und hielten auf dem Hafen in Dangast zu.

Hier stand mein Freund Fritz schon am Hafen und wartete auf unsere Ankunft. Es gab ein herzliches Wiedersehen.

Ich beschloss eine Woche mindestens hier zu bleiben. Denn wir hatten uns sehr viel zu erzählen. Zuerst ließ ich Fritz erzählen, warum und weshalb er hier jetzt im Norden lebt. Dabei erfuhr ich, dass er schon mehrere Bücher geschrieben hat und dort auch in Andeutungen über seine eigene Lebensgeschichte geschrieben hatte. So hatte er vor Jahren seine Frau durch die Folgen eines Unfalles, die sie auf ihrem Weg zur Arbeit erlitt, verloren.

Er hatte aufgehört zu Leben, bis er anfing das Geschehene niederzuschreiben. So hatte er sich wieder aus der Krise heraus gearbeitet. Dann lernte er seine zweite Frau kennen, die beiden heirateten und zogen dann nach dem Norden, hier ganz in der Nähe von Dangast. In den nächsten Tagen erzählte ich ihm über mein Leben in den letzten Jahren. Ich weiß nicht, ob er darüber einen Roman schreiben wird. Er hatte sich ja immer unentwegt Notizen gemacht.

Da wir ein super Wetter hatten, machten wir einige Fahrten zu den Inseln. So lernten sie meine „Lucky" kennen und lieben. Aber auch die schönsten Tage gehen einmal zu Ende und ich musste Abschied nehmen. Es fiel mir schwer, die beiden zu verlassen.

Ich hatte ja die neue Aufgabe in Schweden, um es genau zu sagen in Lidköping, übernommen und freute mich schon sehr darauf.

Ich machte mich weiter auf meiner Fahrt. In einem Jahr werden wir uns in Schweden wieder sehen. Dies vereinbarten wir.

Nach einer Woche hatte ich Lidköping erreicht. Hier wurde ich sehr freundlich begrüßt. Nach einer Woche der Vorbereitung konnte ich meine neue Aufgabe angehen, als Postboot - Unternehmer auf dem Vänern- und Dälbosjönsee.

Hier habe ich meine Bestimmung gefunden.

An drei Tagen in der Woche bin ich unterwegs mit meiner „Lucky" und fahre über den See verschiedene Poststellen an.

Ab und zu fahre ich mit meiner „Lucky auf dem See hinaus und kann dann in Ruhe angeln. Mein Leben hat sich total geändert. Ich habe meine innere Ruhe wieder gefunden und das ist vielleicht das Wichtigste, meine eigene Zufriedenheit.

Das Spielen ist mir nicht mehr wichtig. Ich kann darauf verzichten!

Damit hört meine Geschichte auf. Es war ein wildes Leben, ein Leben auf der Überholspur, was auch Spuren hinterlassen hat.

Nun bin ich froh, dass ich hier in Schweden gelandet bin und mein Leben jetzt in ruhigen Bahnen verlaufen wird. Ich genieße jetzt meine Freiheit, meine neuen Aufgaben und die Menschen, die einen lieben, so wie man ist.

Übrigens… ich glaube… ich habe hier auch mein persönliches Glück gefunden.

Aber das behalte ich noch für mich!

Ich danke meinem Freund Fritz, dass er sich die Zeit genommen hat, die Geduld hatte, meine Geschichte sich anzuhören, um sie vielleicht der Nachwelt als Mhnung zu erhalten.

In diesem Sinne

en

Euer Klaus, der Spieler,

Das Autoren-Team

Fritz-Stefan und
Manuela Valtner

Nach unserer Hochzeit im Jahre 2011 haben wir 2012 unseren gemeinsamen Neuanfang hier im Norden begonnen.
Unser Glück fanden wir in der friesischen Gemeinde Zetel.

Neben vielen anderen Gemeinsamkeiten ist das Schreiben und Gestalten von Büchern zu einem Hobby von uns geworden.

Mittlerweile haben wir zwölf, zum Teil auch sehr persönliche Bücher, gemeinsam herausgebracht.

Zahlreiche Zeichnungen stammen dabei aus unseren Federn, wie auch viele Fotos, die wir auf unseren Fahrten im Norden „schießen" konnten.

Zu unseren weiteren Hobbys gehört auch das Töpfern, das Arbeiten mit Knetbeton, das Malen mit Acryl - Farben und vieles mehr.

Mit dem nachstehenden Buch im Jahre 2009 fing alles an:

Das Leben und Wirken des Strohwitwers Fritz
ISBN: 978 3911 1756070

In diesem Buch erzähle ich Geschichten aus meiner Zeit als Strohwitwer, natürlich etwas überzeichnet, denn diese Geschichten sollten meine erste Frau Maria, nach ihrem schweren Unfall 2004 und bei den zahlreichen Aufenthalten in verschiedenen REHA – Maßnahmen aufmuntern.

Das zweite Buch schrieb ich 2010, allerdings aus einem traurigen Anlass heraus:

Plötzlich allein... wie soll leben ohne dich?
ISBN: 978 3939 241068

Nach dem frühen Tod meiner ersten Frau Maria im Jahre 2007, schrieb ich dieses Buch mit den Fragen nach dem „WIE und dem „WARUM.

2017, also 10 Jahre nach ihrem Tod schrieb ich die Fortsetzung zu Plötzlich allein...:

Plötzlich allein... aber das Leben geht weiter!

ISBN: 978 3746 034393

Tod – Trauer – Einsamkeit – Verlust
Worte, die einem in seinem Leben immer wieder begegnen. Dabei stellt man sich oft die Frage:

„Wie gehe ich damit um?"

In diesem Buch schildere ich die Zeit des Aufbruchs, dem Neuanfang – ohne dabei die Erinnerung an das Vergangene zu vergessen.

Aber es noch gibt viele Geschichten die das Leben schrieb und auf ihre Verbreitung warten, damit auch andere sagen können: „Ja, dass kenne ich auch!" So entstanden zahlreiche weitere Bücher.

Das Leben des Peter Bork
ISBN: 978 3744 829366

In diesem Buch wird die Geschichte eines Mannes geschildert, der im Vertrieb sehr erfolgreich arbeitete. Aber eine Lebenskrise brachte ihn an den Rand der Verzweiflung.
Eine Geschichte mit einem realen Hintergrund!

Auch im nächsten Buch wird über eine Krise geschrieben:

Burn – out
ISBN: 978 3749 429660

In diesen, doch sehr persönlichen Buch, erzählt der Autor selbst über seinen sehr langen Weg in eine seelische und körperliche Krise - Burn – out – wie man heute sagen würde.

Aber es gibt ja auch schöne Momente im Leben, dies hat der Autor in dem nachfolgenden Buch beschrieben:

Liebe zwischen Lee und Luv
ISBN: 978 3744 803607

Eine Liebesgeschichte, die an der deutschen Nordseeküste spielt und von einem älteren Paar handelt, dass einen gemeinsamen Neuanfang plant und mit einigen Schwierigkeiten zu kämpfen hat.

Wo Liebe ist, ist auch das Unglück nicht weit. Aber lesen sie selbst!

Sommertraum/a

ISBN: 978 3743 159471

In diesem Buch kommt sowohl der Autor, wie auch seine Frau Manuela zu Wort. Ein kleines Missgeschick veränderte von einer auf die andere Sekunde das Leben zweier Menschen. Wie werden sie damit umgehen?

In dem Buch:

Verlorene Jahre
ISBN – Nr.: 978 3751 989696

erzählt der Autor die Lebensgeschichte seines Opas Friedrich, nachdem er im Fundus seiner verstorbenen Mutter, zahlreiche Bilder, die bereits mehr als 100 Jahre alt waren, sowie einige schriftliche Unterlagen entdeckte, auf eine spannende Zeitreise, wo er auch mehr über seinen Opa erfuhr.

Eine besondere Liebe der beiden Autoren sind Katzen. Daher ist es nicht verwunderlich, dass sie ihre Lieblinge in Bücher verewigt haben. Mittlerweile gibt es vier Bücher davon:

Mein Name ist Jacey, die Hauskatze

ISBN: 978 3944 028224

Geschichten einer liebenswerten Hauskatze, die sich als Diva sah und sich auch so aufführte, getreu dem Motto: „Vornehm geht die Welt unter."

Rusty, packt aus...

ISBN: 978 3981 1709223

Beide Katzen lebten gemeinsam in unserem Haushalt und waren so unterschiedlich wie ihr Fell, nämlich schwarz und weiß!

„Gamaschen Fynn"

ISBN: 978 3748 151944

In diesem Buch setzen die beiden Autoren einem zugelaufenen Kater ein kleines Denkmal, der so dankbar war, dass er nach dem Verlust seines langjährigem Heim und dem harten Leben auf der Straße, im hohen Alter noch ein gemütliches, neues Zuhause fand.

Moritz... der kleine Filou

ISBN: 978 3749 497911

Ein alter, kleiner, schmächtiger Kater saß einsam und verloren in einem Tierheim ein, nachdem er sein geliebtes Hein verloren hatte. Im Tierheim fühlte er sich verloren, auch die Pfleger machten sich große Sorgen um ihn. Er hatte schon die Hoffnung aufgegeben, als...!

Aber auch die Satire wird gerne bemüht, wenn es darum geht, mit gewissen Klischees aufzuräumen.

Kolvensbachs Pitter... und sein leidvoller Ehealltag!
ISBN: 978 3939 241669

Unser Freund hat noch im späten Alter seine „große Liebe" gefunden, so dachte er.
Aber es kam völlig anders, dabei hatten wir ihn eindringlich davor gewarnt. So wurde sein Alltag zu einem Alptraum und wir versuchten ihn ab und zu daraus zu holen, was aber nicht gerade einfach war.

Sex... kann so schön sein... man muss ihn nur haben!
ISBN; 978 3939 241010

In einer lauen Sommernacht saßen mehrere Paare aus der Generation 60+ zusammen und erzählten, nach einigen Getränken, einige kleine Anekdoten aus diesem Bereich, die ich natürlich wissbegierig aufgeschnappt habe, um sie dann zu Papier zu bringen.

Das neueste Buch handelt von einer Stammtischrunde, die sich einmal in der Woche trifft.

Die Stammtischrunde „Lütte Jungs"

ISBN – Nr.: 978 3752 609929

In dieser Runde treffen sich regelmä0ig fünf ältere Herren, um über das Wochengeschehen zu diskutieren. Aber Corona machte ihnen einen Strich durch die Rechnung. Aber es gibt eine

Lösung.

Und ich durfte als „Schreiberling‟ die Herren eine Zeitlang begleiten und habe diese Treffen in mittlerweile 10 Büchern festgehalten. Dies ist nun das erste Buch dieser Serie.

Zwischenzeitlich habe ich auch vier Krimis geschrieben, da es in meinem Bekanntenkreis Leser von Krimis gab und mir nahelegten, doch mal einen Krimi zu schreiben.

Bei einem Urlaub auf der Insel Baltrum fiel mir bei einem Spaziergang am Strand der erste Fall für meinen Kommissar a. D. Klaus Schöne ein:

Kommissar a. D. Klaus Schöne
Aktenzeichen 2609

Ein ungeklärter Mord auf Baltrum

ISBN: 978 3741 288134

Klaus Schöne, Kommissar a. D. im Ruhestand macht auf der kleinen Insel Baltrum seinen wohlverdienten Urlaub. Dabei stößt er auf eine Zeitungsmeldung, die über einen Mord berichtet, der seit zwanzig Jahren zurück liegt und ungeklärt ist.

Dies weckt das Interesse von unserem Ex-Kommissar Klaus Schöne.

Mit diesen Fall kehrte ein „Unruhestand" ein, denn die nächsten Fälle lagen schon vor.

Kommissar a. D. Klaus Schöne
Aktenzeichen 1510
Leichenfund in einer Friedeburger Kiesgrube
ISBN: 978 3741 281082

Ein neuer Fall für unseren Kommissar. Kann er diesen Fall gemeinsam mit seinem Kollegen Schulz aufklären. Eine Spur führt bis nach Portugal.

Kommissar a. D. Klaus Schöne
Aktenzeichen 1017
... in der Tiefe des Moores.
ISBN: 978 3749 421502

Ein neuer unheimlicher Fall für unseren Kommissar.

Bei dem Bau einer Windkraftanlage in einem ehemaligen Moorgebiet, dem Herrenmoor, welches südlich von der Gemeinde Zetel in Friesland liegt, werden bei den Ausschachtungsarbeiten für die Fundamente der dreiteiligen Windkraftanlage Leichenteile gefunden. Bereits einen Tag später werden weitere gefunden. Was ist hier passiert? Hinweise führen den Kommissar bis nach Südtirol.

Im seinem vierten Fall muss unser Kommissar Schöne einen Fall aufklären, der mit einer merkwürdigen Entführung beginnt.

Kommissar a. D. Klaus Schöne
Aktenzeichen: 1119

Aphrodite

ISBN – Nr.: 978 3752 610833

Kommissar Schulz kommt in diesem merkwürdigen Entführungsfall nicht weiter und übergibt diesen Fall an Kommissar Klaus Schöne.

Dieses Fall gibt unserem Kommissar zahlreiche Rätsel auf, die er nur mit viel Einsatz enträtseln kann. Zumal hier auch noch zwei Morde geschehen. Hängen die vielleicht mit der Entführung zusammen?

Weitere Texte, die veröffentlicht wurden, finden sie in den folgenden Anthologien:

Deutsche Literaturgesellschaft
- **Gedichte, die die Zeit überstehen -**
- Erinnerungen
- Liebe
- Weihnachten

August von Goethe-Verlag
- **Glücklich allein ist die Seele, die lebt -**
- Der Hochzeitstag
- Mein geliebter Schatz
- Wehmut

Zwiebelzwerg-Verlag
- **Keinen Augenblick mehr mit dir -**
- Der Talisman
- Mein geliebter Schatz II

Weitere Bücher, die in naher Zukunft noch verlegt werden sollen:

Die Zeit während der Corona - Krise und mit der damit verbundenen Kontaktsperre habe ich genutzt, weitere Krimis zu schreiben.

Der erste Krimi bekam den Titel: **„Dunkle Schatten".**

Der dritte erhielt den Titel: **„Das Schweigen**

Aber da die Krise um das Virus natürlich nicht nach drei Wochen vorbei war, sondern nun mittlerweile fast bald zwei Jahre andauert und wir nun vor der vierten Welle stehen, blieb man lieber freiwillig zuhause. Damit gab es keine andere Möglichkeit mehr, als einfach weiter zu schreiben.

So entstanden weitere Bücher zu **„Der Stammtischrunde"** die natürlich viel über die Folgen der Krise zu sprechen hatten.

Sie werden jetzt nach und nach verlegt.

Das Autorenteam

Fritz-Stefan und Manuela Valtner